超越自己

CHAOYUE ZIJI

[美] 刘墉 / 著

刘墉青春修炼手册

接力出版社
Publishing House

桂图登字: 20-2009-153

原出版者：台湾水云斋文化事业有限公司

图书在版编目（CIP）数据

超越自己 /（美）刘墉著. —南宁：接力出版社，2021.7
（刘墉青春修炼手册）
ISBN 978-7-5448-7212-6

Ⅰ.①超… Ⅱ.①刘… Ⅲ.①散文集-美国-现代
Ⅳ.①I712.65

中国版本图书馆CIP数据核字（2021）第122683号

责任编辑：马　婕　陈　楠　刘安莉　　美术编辑：许继云　　封面设计：叶　春
责任校对：阮　萍　　责任监印：刘　冬　　版权联络：金贤玲
社长：黄　俭　　总编辑：白　冰
出版发行：接力出版社　　社址：广西南宁市园湖南路9号　　邮编：530022
电话：010-65546561（发行部）　　传真：010-65545210（发行部）
http: //www.jielibj.com　　E-mail: jieli@jielibook.com
经销：新华书店　　印制：河北鹏润印刷有限公司
开本：880毫米×1250毫米　1/32　　印张：7.25　　字数：155千字
版次：2021年7月第1版　　印次：2023年9月第4次印刷
印数：21 001—26 000册　　定价：47.00元

Contents

目录

第二章　社交

那个说出“请继续啊！”的人，真令人感激。

第三章　眼界

愿你眼界开阔，世界宽广。

第四章 处世

处世，是摆脱慌张之后的思想。

前　言

人生在世，最大的敌人不一定是外来的，而可能是我们自己！

我们难以把握机会，因为犹疑、拖延的毛病；我们容易满足于现状，因为没有更高的理想；我们不敢面对未来，因为缺乏信心；我们未能突破，因为不想去突破；我们无法发挥潜能，因为不能超越自己！

其实每个人都有超越自己的经验，在幼儿期，没有人逼我们学走路，我们却试着自己站立，不断跌倒，不断站起，不断试步，终于能从爬的阶段，进入走的时期。然后，我们对走也不满足，又要学习跑。问题是为什么在我们能跑、能跳、能说、能写之后，那原先所具有的，不断超越自己的冲力，竟渐渐消失了呢？

因为这是上天设计的，让我们有了谋生的能力之后，就少有那继续超越的想法。也就是这样，我们才会安安静静地做一个“凡人”。

只有少数的人会说：“我不要做一个普通人，我要超越！超越我那看来有限的自己。”于是在这种不信自己办不到的愤懑和努力下，他们将自己提升了。且随着不断地提升、不断地超越，为人类的历史创造出更辉煌的成就！

这本书里没有什么了不得的经天纬地，却充满一个父亲殷切的叮咛，通过书信的模式，教导他那走向成年的孩子，如何战胜自己的惰性和童年时期的依赖心，在龙蛇混杂的纽约市和充满竞争的明星学校里，找到生存自保之道，并寻求进一步的突破。

书中年轻人所遭遇的问题，岂止是那纽约史岱文森高中的学生所专有，其实也可能包括了你自己！

请以这本书作为激励的火种，在熊熊的火焰中，使你超越铁，成为钢！

原版自序

一九七三年，我写成了第一本《萤窗小语》，由于当时不过二十四岁，自己才离开校门，所以《萤窗小语》虽说是写给学生的，实际上等于为同一辈的人说话，也因此很能获得年轻读者的共鸣。

但是随着年龄的增长、生活体验的多样化，许多观点都不再像初出校园那么单纯，整个社会也产生了巨大的变化，为了表达新的认知，也由于许多老读者的催促，我又在一九八六年出版了《点一盏心灯》，试图通过趣味性的小故事，引起读者各自的感触，进而有所启发，算是为不同年龄的人，所写的一本书。出版两年多来，居然也印到了十几版。

可是就在这两年间，我发现自己的生活又有了极大的变化。过去听我使唤的儿子，突然长大了，声音似乎在一夜之间变粗，身高则一下子比我多出了半个拳头。过去我对他是低头训斥，而今不得不变成仰面教诲；以前常“叫”他陪我打球，现下则难得有“聚首”的机会。

我发觉家中唯我独尊的时代过去了，尤其在孩子进入纽约史岱文森高中之后，由我一人发言的时代也过去了，孩子开始有了他的价值观、人生观，不再是父母的财产，而是这社会的财产；更不是父母的影子，而是他自己！

当然，孩子的转型期，也是父母的头痛期，像是接力赛，上一代将棒子交下去，交不好，就可能掉在地上。也因此，我不定时地配合身边有关的事情，写信给他，其中的内容可能是我已经耳提面命的，也可能是不便在语言中表达的，写下的目的，是希望他能有多看两遍的机会，并加强他阅读中文的能力。

《超越自己》就是在这种情况下累积而成的。由于写作时，我尚未超过四十岁，不但在大学任教，常与青年朋友相处，又兼任电视新闻工作，所以许多理念都是较新的，但也因为我从事中国绘画理论和文史的研究，且有强烈的中国文化自尊心，所以其间必然也有较传统的一面。

史岱文森是美国最著名的高中，当年“西门子西屋科学奖”

的第一、二名都是那里的学生，在全美入围决赛的三百人中，该校就占了四十七名。我在此介绍史岱文森，不是为了凸显自己孩子的优秀，正如我在书中不曾提到他的名字一般，而是因为我觉得国内升学的压力、社会的变迁，可能远非美国一般城镇能比，却正与这纽约曼哈顿的顶尖学校类似。

史岱文森的学生，功课常要做到深夜一两点钟，他们有一个接一个的考试、一个比一个狠的老师，更需要穿梭在犯罪如麻、五方杂处的纽约市，如果说台湾地区的年轻人必须削尖了头钻，史岱文森的学生只怕犹有过之。

所以，在这本书中，许多言辞是激烈的，许多观点是现实的，许多故事是残酷的。正如我在《你不能失败》这篇文章中所说：

马断了腿，当然还能活！
但是身为一匹马，不能跑了，
就算活着，又有什么意义?!
你必须成功，因为你不能失败！

面对这个充满竞争的纷乱时代，我强调的是积极的人生观，发挥最大的潜能，将自己带上尖峰，虽死无悔、虽败犹荣。

在整个奋斗的过程中，我认为最大的敌人不是外面的，而是自己，尤其那些受尽呵护的年轻人，为了独立面对未来，他们必须战胜自己的惰性和依赖心。这种毛病若不革除，无论在父母的逼迫下，功课有多好，将来都难以成功。

也就因此，我在《现代青年》一文中，从一个“小留学生”的身上谈到了新的教育理念：

> 未来社会的成功者，必是那种以消费刺激生产，
> 以速度争取时间，以时间争取知识，
> 以知识争取财富，又以财富改善生活，
> 以高级生活设备增加速度的人，而不再是农业时代，
> 抱书慢慢啃，再以考试晋身的寒窗学子。

虽然这些信是写给我孩子的，实际上每个年轻人的发展，在其间生理的转变，和未来面对的世界，都差不多，对于那些父亲甚至母亲难得回家吃晚饭的青少年，我希望这本书能够引导出一些东西。对于为人父母的，我则希望提出一些个人的想法，供做教育子女的参考。

如我在前面所说，随着孩子逐渐步入成年，我觉得他不再是自己的财产，而属于社会、国家。同样，我觉得别人的孩子步入社会之后，不也是属于大家的吗？

对于孩子的理念，做父母的应该超越自己！

让年轻人发挥最大的潜能，超越他们自己！

则我们的社会也必能超越自己，开创出崭新的局面！

一九八八年冬于纽约

二〇〇六年六月修订

第一章

立身

超越“每一个昨天的我”。

刘墉青春修炼手册

上课第一天

一个娇生惯养，从未出过远门的孩子，从今早开始，每天要坐三个多小时的车，穿过肮脏黑暗强盗出没的地区，到曼哈顿的高中上学……

你上高中的第一天，虽然早晨我没有起来送你，却很清楚地听见你匆忙的脚步声，也知道你似乎胃有些不舒服，想必是因为紧张所引起的。

我知道，你必须先走到巷口去搭 Q17A，再转 Q44A 公交车，而后坐 F 线的地铁，穿过半个皇后区、曼哈顿中城的河底隧道，经过五十三街向南行，到十四街转 L 号车到学校。由前两天我带你试坐的经验得知，这单程就需要一个小时又四十分钟，无怪你的祖母整天坐立不安。

我也知道纽约的地铁，是世界上最乱且最不安全的，每天报上总有抢劫甚至杀人的新闻。至于你所经过的地方，虽然有世界上最繁华的第五街，却也有最肮脏下流的四十二街，如果说你每天穿过毒蛇猛兽出没的森林去上学，是绝不为过的。

问题是，对于你这个过去从未一人离开家门超过四千米的孩子，我为什么放着眼前的高中不让你上，却让你冒那么大的危险，每天奔波于曼哈顿呢？

这一方面因为你考上了世界名校，有小哈佛之称的史岱文森高中，一方面更由于我认为这已是教你出去历练的时候了。在人生的旅途上，我们都要走这样的路，穿过这样的危险，去追求自己的理想。甚至应该说，人生的道路更危险，因为它只有去，没有回，走的是过去都不曾经历，且只可能经历一次的路。如此说来，你未来四年的通学，又算得了什么呢？

大概还是因为不放心吧，怕你在回程找不到公交车站的位置，我特别算准时间，到地铁的出口等你。知道吗？当我看到你怯怯地走出站时，心中百感交集，兴奋得有如多年不见的父子重逢。而你那惊喜的眼神中，竟也含着泪光。

回程的公交车上，你向我抱怨地铁最后两站间的距离好长，还以为坐错了车；而上次我带你试走时没能记下的站名，你居然全能如数家珍地背出来。

是的，年轻人！你渐渐会发现，当你一人独行的时候，会变得更聪明；当你离开父母的时候，才知道父母是你的依靠、你的盼望。

崎岖而黑暗的道路，将使你真正成熟！

位于纽约市的史岱文森高中。

刘轩的话

忘不了的一天

想到那一天，画面还是很鲜明！

我从八岁移民美国，就一直住在郊区，只是偶尔随着家人“进城”。那天第一次自己坐地铁，眼睛睁得大大的，书包紧紧抓在手中，像是闯入了蛮荒丛林。不久前有人被精神病患者推到地铁轨道上的新闻，我记得很清楚。到现在，我还尽量不站在站台边缘等车。

我老爸形容曼哈顿为“毒蛇猛兽出没的地方”，虽然有些夸张，但那时的纽约的确比现在危险，犯罪率是现在的一倍多。时代广场（也就是四十二街的核心），是个复杂的地方，晚上更是一片狼藉，飘着浓浓的大麻烟味。有不少毒贩、皮条客、酒鬼逗留在色情电影院门口拦路乞讨、做生意，哪像是而今“合家欢”的观光胜地！

就在我上高中的那年，纽约地铁开始试用一种新的材质，让涂鸦喷漆无法附着。没多久，画得乱七八糟的车厢全变干净了。这只是开始，后来的市长增加了警力，整顿了许多问题地区，鼓励大企业进驻投资，逐渐把纽约变成一个体面又摩登的都市。

以前的纽约，像一块臭豆腐，先得皱着鼻子咬一大口，才会知道它臭得很香。当年离开皇后区湾边的单纯环境，一头栽入曼哈顿看人生百态，是我个人发展的重要转折点。上天保佑，我活着过来了！

地铁车站常是危机暗藏的所在。

幽默感

一九八一年三月三十日，当里根总统被刺时，白宫新闻秘书詹姆斯·布莱狄也受了重伤，他的前额被子弹射入，血流满面扑倒在地。

没有人能相信，大脑受此重创的人还能活命。但是詹姆斯已经能骑马、谈笑。因为……

看电视时，当我发现你居然说得出每个演员的名字，甚至连他们的家庭生活也知之甚详的时候，开玩笑地问你："喂！请问布鲁克·雪德丝的电话几号？"你居然反问："对不起，爸爸！我不知道，但打听很久了，你知道吗？快告诉我！”

我大笑了起来，惊讶地发现，你居然有了幽默感。

有幽默感（with a sense of humor），这句话在东方或许并不重要，却是西方社会对人极高的赞赏，因为它不仅表示受赞美者的随和、可亲，能为严肃凝滞的气氛带来活力，更显示了高度的智慧、自信，与适应环境的能力。

幽默像是击石产生的火花，是瞬间的灵思，所以必须机智回应，才能擦出幽默的语句；那语言可能化解尴尬的场面，也可能在谈笑间有警世的作用，更可能作为不露骨的自卫与反击。

譬如在议会里发生了老议员以拐杖打人的事，有人提议进场者应该把拐杖挂在门口，这时议长若是接受而诉诸表决，无论结果如何，总是不愉快的，幸而他急中生智，笑着说：“如果为了防止不正当的动作，就必须把拐杖挂在会场门口，那嘴也该挂在门口，手脚也该摆在保管处。”引得全场大笑，提议者也在莞尔的情况下，解决了尴尬的处境。

又譬如伏尔泰总是赞赏某人的作品，某人却总是刻薄地批评伏尔泰，当有人向伏尔泰说出这件事时，他只是一笑：“我们双方都弄错了！”不过短短几个字，既幽默地解决了尴尬的场面，又做了有力的反击。

我还听过一个故事：美国工人到俄国工厂参观，看到停车场上的轿车，便问那些轿车是谁的。俄国工人回答："工厂是我们工人的，轿车是上面的。"随之反问美国工人，美国工人幽默地说："我们没有你们走运。工厂是上面的，轿车是我们的。"两句话对比，却有了深刻讽刺的意义。

但我必须强调，幽默并不是讽刺，它或许带有温和的嘲讽，却不刺伤人；它还可以消遣自己，在这当中更显示了幽默与被幽默的胸襟与自信。

我曾经看过一个秃头者，在别人对他的秃头幽默时，当场变了脸，这一方面可能因为对方的幽默不得体，刺伤了他，更可能因为他原本对秃头有极大的自卑。

相反，我也见过一位秃头的报纸主编，当别人笑称他聪明透顶时，居然笑答："你小看我也，早就聪明'绝顶'了！"你想，若不是他有相当的自信，又怎可能借别人的话，幽自己一默呢？

所以，愈是开放而富裕的社会，人们愈有幽默感；愈是闭锁的环境，愈难让幽默存在。不存在的原因，不是人们没有这份智慧，而是没有这份胸襟；不是因为人们有过强的自尊，而是因为色厉内荏的自卑。一个幽默者最重要的条件是完满健全的人格。

一九八一年三月三十日，当里根总统被刺时，白宫新闻秘书詹姆斯·布莱狄（James S.Brady）也受了重伤，他的前额被子弹射入，血流满面扑倒在地，当时许多媒体都报道了他死亡的消息，因为没有人能相信，大脑受此重创的人还能活命。

但是，年轻人！就在六年后，我看到电视报道，詹姆斯不但已经逐步克服了半边大脑受损的行动不便，骑马与妻子出游，而且一如往日地幽默。访问中，令我印象最深的，是他说："幽默感，使我能撑下来。厄运是会打击我，但它打不到幽默感的那种深度！"

年轻人！你说，这幽默感是什么？

它是面对不同环境的乐观态度！

詹姆斯·布莱狄不但克服了伤痛，而且曾任美国伤残协会副主席。这是他送给作者的签名照，额头上仍见清楚的手术刀疤。

刘轩的话

不同的幽默感

那时的布鲁克·雪德丝，就像现在的林志玲，是个玉女名模。很多学校的男生“哈”她，包括我在内。她后来跟不少名人（包括摩纳哥皇室）传出绯闻，现在已婚，有两个小孩，偶尔客串一些美国电视剧。而我，始终没要到她的电话。

我在美国长大，一向非常清楚幽默感在西方社会的重要性。后来我发觉，所有的文化都重视幽默感，只是表达方式不同。

我刚回国内的时候，很是不能适应这里的社交方式，主要是因为幽默感不同。大家刚认识时很礼貌，好像没有许多幽默的空间，但熟了之后会很习惯互相调侃，不属于这个环境的人很难拿捏分寸。而且中国人讲究的“热闹”，其中“闹”占了很大的比例。西方人的幽默比较收敛，讲究的是字句之中的玩弄或逻辑的矛盾，不一定每句好笑的话都一定有个“爆点”，所以初到“洋邦”的中国人，常觉得他们很“冷”。

总而言之，要在那里混，就得搞懂当地的幽默。

文章里提到的布莱狄先生虽然痊愈，但因半边大脑受损，终生还是有行动障碍。他成为美国反枪协会的领导者，极力推动限制民众购买枪支的法令。他的名言之中，有一句我特别喜欢。他说：“当命运给你柠檬（也就是不好的事情）时，你可以做柠檬汁。我这里有好几个柠檬汁的摊位呢！”

这种生活态度，应该全世界都适用吧！

防人之心

他被海关人员以携带毒品走私的罪名逮捕了，他大声对着还在另一个关口接受检查的朋友喊，那人却说不认识他。

一个学生去逛商场，临出门，突然有个女人，匆匆忙忙地跑来对她说：“我的肚子痛，必须上厕所，可是我跟我先生约好，他就在门口的一辆白色的车子上等我，能不能麻烦您，告诉我先生一声？”说完塞了两包东西给她，“这也麻烦您交给他！”

学生才走出门，就被商场的人抓住了。她抱着两包没有付钱的贵重商品，吓得呆呆地站在那儿，因为人赃俱获而百口莫辩。至于那先前说肚子痛的妇人和所谓的白车，则消失了踪影。

某人单独旅行，在飞机上遇到一位投缘的乘客，两个人一起下机，提取行李，在过海关之前，那新认识的朋友说："我的行李真是太多了，能不能麻烦您帮我带一小件？"那单独旅行的人心想自己的东西反正不多，就一手接了过来。

跟着，他被海关人员以携带毒品走私的罪名逮捕了。

他大声对着还在另一个关口接受检查的朋友喊，那人却说不认识他。他被架出了海关大厅，悲愤的呼喊声仍然从长廊尽头传入，大厅里的人都摇头，说："罪有应得的贩毒者，过去不知道已经带进多少毒品了！"

那飞机上认识的朋友也叹气："好险哪，我差点被栽了赃！"

你对我说，一个许久未见的初中同学，知道你在曼哈顿读书，于是托你顺路带一包东西给下城的朋友，使我想到应该说以上的故事给你听。我并非教你不要帮助人，而是希望你慎重。尤其是许久未见的朋友，虽然以前有很好的交情，但由于并不了解他近来的生活，那早期建立的信任，也就应该重新评估。

再过二十年，你会发现，许多学校里的挚友，在久别重逢时，你或许仍然维持着以前的热情，对方却冷淡了。不是他没有了情，而是由于在社会上的种种遭遇，会麻木一个人的感觉，也可能改变他的价值观。相反，如果你自己遭遇重大的打击或步入歧途，也可能改变看这个世界的方法。

害人之心不可有，防人之心不可无。记得有一次我采访台湾中华航空公司在纽约的一个酒会，由于当晚正好有客机直飞台北，便赶到机场，将一包录像带交给在这个公司工作的朋友，托他转回“中视”。

那位朋友对我说：“咱们虽然是老朋友了，但这是关于我们公司的新闻，为了慎重，我必须打开检查一下。”

日后我经常想起这件事，我不是对那位航空公司朋友的做法感到不高兴，而是觉得自己理当主动打开包装，让对方检查，而不应该等对方提出。如果他碍于情面未讲，岂不是要在心中嘀咕很久吗?

往后的日子，你必有许多旅游的机会，别人可能托你带东西，你也可能请朋友传递，希望你以上面的几个真实故事做参考，保护自己，也减少朋友的困扰。

刘轩的话

这是个可悲的事实

我老爸写这篇文章，其实有个更早的源头。在初中时，我和好友肯尼有次在回家的路上，碰到一位被锁在自己家门外的老头。肯尼站在我肩膀上，从二楼窗户爬进去帮他开门。这件事害我被父母狠狠骂了一顿：“万一他是小偷怎么办？你们岂不是成了他的帮手？”

当时我有点不高兴。学校教我们要“日行一善”，怎么反而受到如此责备？但现在，我不得不认同父母的看法，因为时代大不同了。以前在万圣节，美国儿童都会打扮成小鬼，一家一家要糖果，但后来新闻上报道出有人因此而中毒之后，这种习俗就几乎消失了。

光是过去这几天，我就接到起码两通诈骗集团的电话。这个社会好像愈来愈复杂了。多可悲啊！纽约人本来就很小心了，“9 · 11”之后更是如此。当恐怖分子都可以在已怀孕的女友行李里面偷藏炸弹时（这是真事），还有谁能够相信？“防人之心不可无”已成为我们在二十一世纪生存的基本原则。

上礼拜我去台中，在一家餐厅前有人说他车子发动不起来，请我帮忙。我回答:“对不起，我无法帮你。但我有手机，可以帮你叫拖车。”也许我太谨慎了，但就如美国人现在常说的:“You can never be too careful these days.”（这些天，越小心越好。）

至今想起初中的那件事，我还是相信那位老头，也觉得我和肯尼做了件好事，虽然我们当时的确太过天真。要是有一天我自己的小孩也碰到类似的状况，我八成不会骂他，但一定会叫他看看他爷爷当年给我写的这篇文章，并摸着他的头叹息:“孩子，现在的社会比你想象的复杂！”

时间与金钱

在这个讲求速度的时代，同一时间永远只能做一件事的人，将可能被淘汰！但在何种情况下该一时两用、一心两用，必须由你自己去决定。

你问我“用时间的方法”，我的答案是：“用时间好比用金钱，如果你知道怎样用钱，也就应该知道怎样用时间。”

金钱与时间，在“会用”与“不会用”者的手中，可能产生天壤之别。善于理财的人，能够用有限的钱，买到他需要的东西，甚至以钱滚钱，创造更多的财富。至于不懂理财的人，则可能毫无计划地使用，东买一点，西添一样，到头来买的东西不少，却该有的没有，既买了又无用处。

同样，会用时间的人，懂得安排时间，按照事情的缓急来支取，到头来，不但完成了他要做的，而且能够留下多余的时间。至于不会用的人，则东摸摸、西磨磨，时间一分一秒地过去，浪费的比利用的多，犹豫的比决断的多，时间永远不够用，事情永远做不成。

这样说，或许你还不懂。那么，让我举个例子吧！

如果我给你几千元美金，要你自己出去生活，你要怎样使用这些钱？你不会先去买电脑游戏，也不至于先去看百老汇舞台秀，而是在解决了衣食住行的问题，并缴完学杂费之后，才开始考虑娱乐支出，对不对？

于是，当你把自己的开销做成统计图时，会看到有大笔的开支，也有小笔的花费，必要的支出在先，非必要的支出在后。

同样的道理，今天老天给了你时间，你不能先拿去打电脑游戏和看电影，也不可以先去整理相册、看小说和胡思乱想，而应该先安排睡眠、上课、读书和通学的时间。因为没有充足的睡眠，你的身体状况不可能好；不花时间乘车，你到不了学校；至于上课、读书，则是你现阶段最重要的事。当然，除此之外，你必须吃饭、交际、消遣，并处理生活上的琐事。只是在整个时间的分配上，前面几项占的分量大，后面几项占得小。

我为什么会特别提出所占比例的问题呢？很简单，当你有一笔巨款，你可以考虑买贵的东西。相反，你钱少时，自然是买小的东西。一个永远只买小东西，钱多的时候也不买房子、汽车的人，不能算是懂得用钱的人。同样，如果你支配每一段时间，都用来做小事，也不能算是会用时间。必须既会利用长时间，完成较大的工作，又知道掌握零碎的时间，做小事情。譬如当有两个月的暑假时，你可以计划做一个参加“西屋科学奖”的大研究报告；当你有一个星期的假日时，你可以为校刊写篇专访；当你只有周末两天的时间时，你就只能做做功课、出去看场电影或邀几个朋友聚一下。如果你在暑假的“大时间”，天天用来聊天、看电影，在周末却想写研究报告，就是大小时间不分了！

有一个人总是急急忙忙地做事，朋友问他为什么这么赶，何不轻轻松松慢慢来。他回答：“我做事快，正是为了争取多余的时间。你们看到的固然是我忙碌的一面，其实当我回到家，却有比你们更多的休闲时间，也利用它实现了许多梦想。”

这个人是以速度来争取时间的，他把零零碎碎的“小时间”集中，成为大时间，也就能做较大的用处。比起那些做事总是拖拖拉拉，永远没有较大“空闲”的人，当然要算是知道利用时间的。

我们也时常看见主妇们一边聊天、看电视，一边织毛衣，由于这两种事都属于较轻松的，不必百分之百集中精神于其中一项，所以她们在同一时间，做两件事。

不过我也知道，有位著名的女作家，在她年轻时为了争取时间写作，甚至一边煮菜，一边写稿。国画大师黄君璧更是一面跟来访的朋友聊天，一面作画。这就非要高人一等的功力不可了。

每个人的时间都一样，那些有过人成就的，往往都懂得这种一时两用的方法。

所以，当你假日起床之后，坐在桌前发呆，说是要想想那一天的时间该怎么安排，就已经是在浪费时间。你何不一边洗脸、刷牙、吃早餐，一边想这些事呢？

我过去作画到深夜，总是先把调色盘和砚台洗净，才安心去睡觉，但是后来改成了每天起床之后做这些事，因为前一夜已经疲惫，洗砚台时，脑海里一团迷糊，无法再想事情，不如省下时间，早早上床。第二天脑子清醒的时候，再一面洗一面想，许多写作和绘画的灵感，也就在这时产生了。

或许你要说，做事应该专心，同一时间只能做一件事。我想对于写文章、做数学题这些需要高度集中精神的事，确实如此，但如果说等公交车时不能一边看报，就没有道理了。在何种情况下该一时两用、一心两用，必须由你自己去决定。但我要强调，在这个讲求速度的时代，同一时间永远只能做一件事的人，将可能被淘汰！

综合我以上所说的，掌握时间的原则应该是：

一、决定事情缓急、轻重，以优先顺序来安排时间，免得该做的到头来没有做。

二、以大的时间做大事情，以小的时间做小事，绝不将大时间打碎，用来处理琐事。

三、以速度争取时间，将争取到的小时间，集中为较大的时间。

四、如果可能，在同一时间，做更多的事情，使时间多元化。

你说，这用时间与用钱的道理岂非相去不远吗？

刘轩的话

放松和把握时间同等重要

这篇文章对我影响极大，但也是我最难实践的。

我几乎每天都发现自己的时间不够用。可能因为工作太多太杂，同时要兼顾创意和行销的角色，时常觉得自己总是在跟自己赛跑，一下子跟客户开会，一下子在工作室里敲键盘，同时还得赶稿。

现在看这篇文章，还是觉得自己有许多改进空间，不过我觉得“时间管理”这门学问，也得按每个人的工作性质及生理时钟做调整。例如我的脑袋都是晚上比较活跃，早上反而一团迷糊，所以我都尽量在中午之前处理比较不重要的事。可惜这跟一般人的生活习惯恰恰相反，所以有时候早上要开重要的会议，我也不得不妥协，只好出门前多喝杯咖啡。

我发现，很多事情是无法一心两用的。例如创作时，我需要一段完整并毫无干扰的时间。看起来像发呆，其实是在思考。我很羡慕老爸提到的那位女作家，可以一边煮菜，一边写稿。我写稿时连听音乐都不行！我老爸也一样，他可以一边跟我母亲聊天，一边浇花，但当他开始写作，书房门关上，谁也不敢吵他。

根据我的观察，现代人已经非常习惯同时做很多件事情。办公室里随便谁的电脑都不只有一个视窗开着，办公软件统统一起来，还可以跟朋友线上聊天。分心已成为常态，专心才是比较困难的。

现代人流行静坐、练瑜伽，这都是为了让自己的生活能够慢下来。我以前看到有人在跑步机上打电话，觉得他们很厉害，但现在觉得那样很可怜。既然要跑步，就好好地跑；如果想放松，就完全让自己放松。所以，补充我老爸的时间观念，我要说："争取时间的时候极力争取，是为了让自己该停下来的时候，能够好好喘口气！"

面对抢匪

在纽约，有个高中生连续被抢了五次，没抓到匪徒，学生却得到老师的赞扬，叫同学向他学习——如何面对抢匪，而不受伤害！

当你对我说，班上有个同学，已经在街上被人抢了五次时，我并没有对他遭抢这件事感到吃惊，倒是讶异于他不曾受到一点伤害。

因为抢匪在动手时，往往先给对方一个下马威，使他失去反抗力。所以匪徒能够毫不动粗，抢了就走，必然由于你同学的瘦小，以及他回应模式的恰当。

或许你要说，面对暴徒，居然还要讲究“回应的模式”，是多么没出息的消极做法。但你也要知道，这消极的回应，却是使你免于伤害，进而能将暴徒绳之以法的积极态度。

正因此，以打击犯罪为职责的纽约市警察局，竟然公布过一项资料，教市民在四下无援的情况下，如何面对被抢，甚至如何面对非礼的暴徒。譬如：男人应立即拉开外套衣襟，露出上衣口袋，请抢匪过来拿或自己取出钱钞，交给抢匪。但千万不能在不先打开外套衣襟的情况下，伸手进去拿钱，以免对方误认为你在掏枪，而先将你撂倒。至于女人，最好自己将钱取出，而不可让对方动手，以免进一步引起暴徒劫色的非分之想。

他们更建议，当妇女遇到强暴时，可以将手指放进喉头，造成呕吐，甚至脱尿、脱粪，使对方看到恶心的东西，而失去兴趣。

警方更叮嘱，受害者应该做出受害者的样子，不要表现得十分潇洒，更不可说“要拿吗？全都给你”这种蔑视的话，否则反而会挨揍。因为即使是强盗，也有自尊，他是要抢，不是要被施舍。

最重要的是，你必须记住他的特征，清点自己损失的财物，并立即报警！

请不要认为我在教你当懦夫、顺民，因为我要让你知道，如何在这个鱼龙杂处的社会中生存。我要你在无可避免、毫无反抗力的情况下，放弃年轻人的血气之勇，而留得青山，开拓未来。

孔子曾说："暴虎冯河，死而无悔者，吾不与也！"意思是他并不赞同那空手搏老虎和毫无凭借而渡河的人，这种人的死，是毫无意义的。

人生就是如此，我们既要有迎向光明、成功的胸怀，也要有面对厄运挫折的能耐；像韩信少年时由市井流氓的胯下爬过、勾践在被俘时尝夫差的粪便，反而是大勇的表现。

你要记住，只知刚的人，难免被折断；只有柔的人，到头来终是懦夫。只有那刚柔并济，认清方向，且在布满荆棘的人生道路上，以最恰当模式应对的，才可能是最后的成功者！

身在纽约，不时会心生“小心被抢”的危机感。

刘轩的话

Do something

我那两个可怜的高中同学雅费跟杰西！他们可能到现在还不知道，就因为我拍了他们耍帅的照片被我老爸用在书里，而使他们在地球的另一边成为成千上万青少年心中的“抢匪”！

我自己小时候曾经被抢过一次，不过是在家附近，不在曼哈顿。在纽约上高中时，我曾经数次发现自己处在危险的情况下，幸好都安全脱身，主要是因为感觉被人盯上后，赶紧跑到人多的地方。人多一定比较安全，纽约人虽然表面上很冷，但如果看到别人受害，一定会报警或前来制止，不会袖手旁观。

台北市就不一样了。最近我有两个加拿大朋友骑车经过通化街附近，听到一个小姐大喊救命，他们马上跳下车跑过去，看到一个抢匪正消失在人群中。满街的人听到她叫，也目击那个抢匪，但大家只像看戏似的；抢匪逃跑，没人制止，反而闪开让他过，使我这两个外国朋友非常不解。可能周围的人都怕麻烦，或怕自己的力气不足以制伏抢匪，但起码他们可以打电话报警，或用手机拍下抢匪的照片，总比呆呆站着来得好！

我父亲的文章里呼吁年轻人如果碰到抢匪，不要为了“血气之勇”而惹上更大的麻烦，但我要补充：社会的安全靠大家互相帮助，如果你看到别人受害，可以不用冲上去当英雄，但起码要“Do something”（有所作为），不要当个缩头乌龟！

如何事半功倍

一群记者抢新闻，为什么其中一位能提前发表，而且早了许多？一群导演抢拍动物片，为什么有人能提前推出，而且又快又好？

一架飞机撞山失事了！

成群的记者冲向深山，大家都希望能抢先报道失事现场的新闻，其中一位广播电台的记者拔得头筹，在电视、报纸都没有任何资料发布的情况下，他却做了连续十几分钟的独家现场报道。

电影圈突然一窝蜂地拍摄有动物参加演出的影片，虽然大家几乎是同时开拍，但是其中有一家，不但提早推出，而且动物的表演也远较别人精彩。

你知道为什么那位记者能抢个头条吗？

因为他未到现场之前，先请司机占据了附近唯一的电话，打到公司，假装有事通话的样子。所以当他做好现场报道的录音，跑到电话旁边，虽然已经有好几位记者等着，他却只是将录音机交给司机，就立刻通过电话对全国听众做了报道。

你知道那位导演为什么成功吗？

因为在同一时间，他找了许多只外形一样的动物演员，并各训练一两种表演。于是当别人唯一的动物演员费尽力气，也只能演几个动作时，他的动物演员却仿佛通灵的天才一般，变出许多高难度的把戏。而且因为好几组同时拍摄，剪辑好立刻就能推出。观众只见其中的小动物，爬高下梯、开门关窗、取花送报、装死搞怪，却没想到全是不同的小动物演的。

我讲这两个故事，是为了告诉你，这世间许多“非常的成功”，是以“非常的手段”达成的，那未动手之前的战略和构想，在一开始，就注定了他们的胜利。

同样的道理，我建议你在做每件事之前，甚至每一天的早晨，对将要做的事情制订个计划，而不是慌慌张张动手之后才去思想。

每个人拥有同样的时间，只有那些事半功倍的人能有过人的成就，也只有知道计划的人能够事半功倍。

刘轩的话

节省时间的目的

对于节省时间，我老爸是专家，不只是工作，连玩乐都一样。

小时候我们全家常去游迪士尼乐园。老爸总会先拿份地图，规划出最快的玩法。有别于一般人的习惯，我们总是采取相反的路线：入园后，先冲到最里头，再一路玩“出来”，或是以顺时针的方向游园（一般美国人习惯以逆时针方向行走，就是入园之后先玩靠右边的）。老实说，我当时并不喜欢老爸这么急着赶来赶去，但长大后愈来愈痛恨排队，想想老爸的方法确实省了不少时间。所以，将来有一天我带自己的小孩去迪士尼乐园，也一定会这么做。

现在的生活里，我尽量试着在一些小地方节省时间。像我从事DJ（电台节目主持人）工作，平时必须消化很多新兴的歌曲。我便会把大量的音乐先灌进iPod（苹果公司推出的一种音乐播放器），一边跑步一边听，这样不但做了功课，而且就运动的效率来说，总比听健身房的民谣来得好。

你不能失败

马断了腿，当然还能活！但马不是人，人能残而不废，马不行。身为一匹马，不能跑了，就算活着，又有什么意义？

我在学校体育组见到一件怪事，当时球队正为晚上的比赛做练习，突然接到一个队员从地铁车站打来的电话，说是因为天气突然转凉，他穿的衣服太少，如果站在冷风里等公共汽车会感冒，所以希望队友开车去接他。

从学校到地铁只有十五分钟的路，真是再简单不过的事，可是你知道球队的教练怎么说吗？

他居然说："电话不要挂，先问他感冒没有，如果还没感冒，就立刻去接；假使已经感冒，再重一些也不要紧，就自己吹风，坐公共汽车来吧！”

我听了大吃一惊，颇不以为然。岂知教练有他的道理：“如果已经感冒，晚上当然是泡汤了，又何必浪费别人的时间去接，而且影响了大家的练习。本来嘛！迟到就不应该，天气多变，不注意身体，更不应该。自己不小心，而且不以团体为重，谁又能管得了他！”

这件事，使我想起一位企业家朋友讲的话。他说：“在我的公司里，如果一个人四十岁还没有升到主任，就永远不必再想这个位子。因为爬上来已经嫌迟了。既然不可能再由主任的位子往更高阶层爬，就乖乖待在下面，免得影响其他有冲力的人！”

他的理论虽不尽然对，但是跟下面西方哲学家赫伯特的这几句话，不是很相似吗？

> 一个人如果二十岁而不美丽、三十岁而不健壮、四十岁而不富有、五十岁而不聪明，就永远失去这些了！

这个世界是不等人的，它残酷得甚至不能给予失败者一点同情。

譬如在一组人执行秘密的战斗任务时，如果其中一个不幸受伤而无法继续前进，为了怕他被俘之后泄露军机，造成整个行动的失败，领导者可能不得不将那人灭口。

譬如几个人同去爬山，以绳索相连攀缘峭壁时，如果一人失足，悬在半空中，想尽办法不能解救，而其他人却可能因此都被拖下深谷时，只好割断绳索，将那人牺牲。

谁希望受伤？谁希望失足？

谁又能责怪他受伤与失足？

只能责怪命运！而命运常是残酷的！

相信你一定在电影里看过，当马腿关节受到重创时，主人常不得不将它一枪打死。我曾经问一位马术教练：难道那马断了腿，就活不成了吗？为什么非要置它于死地？

他说：当然能活！但马不是人，人能残而不废，马不行。身为一匹马，不能跑了，就算活着，又有什么意义？

以上，我讲了许多残酷的故事给你听，因为你已经到了可以接受这种事实的年龄，未来也将面对这些残酷的现实。

“你必须成功，因为你不能失败！”

这是一句非常莫名其妙的话，却有耐人寻味的道理！

刘轩的话

输的感觉

读了这篇，许多人可能会觉得我老爸是个严厉的父亲。当年我听到这番话，也觉得太激烈、太残酷。但如果今天换成军队长官或球队教练，我绝不会对这话感到意外，因为打仗或比赛，非胜即败。

“你不能失败”这句话也反映了人生最戏剧性的一面。我们爱看体育比赛，心情随着选手们的拼斗而七上八下，因为运动场也像古罗马的竞技场，是输与赢、生与死的战斗。以后我教导自己的小孩，一定会让他们参加球队。要他们尝到输的感觉，这是除了打仗与当兵之外，体验真实人生的绝佳机会。

老爸对我说：“你不能失败。”但对我妹妹却说：“也给人家尝尝第一名的滋味嘛！”这么不同的教导，我认为不是重男轻女，而是因为在写《超越自己》时，我老爸也正处于年轻冲刺的时期，所以他对自己的态度是绝不能输，也急迫地想把这强烈的观念传递给儿子。如果这造成比较大的压力，我也只好认命。

当然还有另一个原因，就是我妹妹的个性很像老爸，她已经把自己逼得够呛了！

建立独特风格

名歌手唱得不如和音天使？名书法家的作品可能被学校老师评为乙下？大师的绘画可能被一般的美展退件？

“对门的马瑞诺，不过十七岁，但是他组成的合唱团，已经出了唱片，而且由全美国最著名的公司发行呢！”你在晚餐桌上艳羡又似乎不平地说，“其实马瑞诺的那一套，我比他强得多，他弹琴的技巧差远了！只是按按电子琴键而已。至于作曲，我也早就会……”

好！现在让我说个故事给你听，我有一天看歌唱综艺节目，主持人突发奇想，叫一位以声音高亢著称的名歌手，跟后面的和音者较量一下谁唱的声音高，结果起初几个音还难分高下，后来在不断提升起音的情况下，和音的女孩都毫无困难地通过了，名歌手却应付得愈来愈艰苦，最后声嘶力竭地败下阵来。

当时好几位一同看电视的朋友都说："真逊！名歌手还不如和音天使，只怕改天要让贤了！"

问题是，那位名歌手还是继续走红，且唱出许多叫好叫座的歌；而那位和音者，还总是站在台侧，偶尔被带到几个镜头而已。

我相信，和音的那个女孩子，不仅长得不差，声音又唱得高，她读谱的能力和对乐理的了解，大概也都在名歌手之上，但是为什么出头的却是看来较弱的那一位呢？

答案是：因为那位名歌手，有她独特的风格。而独特的风格，往往并不是由许多十全十美的东西所集合的。甚至可以说，有些独特的风格，从某个角度来看，反而是一种缺陷。譬如伊秉绶和金农的字，如果拿到中学交书法作业，只怕要得乙下；马蒂斯和塞尚如果参加早期学院派的美展，恐怕也会被踢出来；连那李恕权，我都怀疑他若参加合唱团，会不会因为嗓子太哑，而挤不进去。

可是，这些人都成名了！

这又使我想起美国一位著名的模特，她是被人从乡下提携出来的，真可以说是飞上枝头，成为数百万年薪的凤凰。当有人问那个提携她的男人，如何“慧眼识英雄”时，他回答道：“虽然她并不极漂亮，但是当我带她走进拥挤喧闹的场合时，发现人们都看她，于是知道她有一种特殊的吸引人的地方。”

这特殊的吸引力，就是每一位成功艺人的要件。所以当你比较自己与马瑞诺时，不能只拿单项的条件来比，而应该注意他整体的特质，进而建立属于你自己的风格。

此外，我们真该为马瑞诺高兴，过去我总觉得这个孩子有顽劣的倾向，所以限制你与他交往。但是后来发现他变得很有礼貌，这是因为人们越获得别人尊重，越懂得尊重自己。所以我们应该祝福这位曾令我们头痛的邻居，且分享他的光荣。

刘轩的话

风格无法替代的事

这故事的背后，其实有一个说出来仍觉得丢脸的内幕。

当时我其实是被朋友骗了。那天正好是愚人节，马瑞诺找到一卷卡带，发现他自己与封面上的团员长得非常像，三四个朋友便联合起来糊弄我说他发唱片了，而我也因此被他们骗得团团转！

不知道现在的马瑞诺在做什么，反倒是我自己走上了音乐这条路。

这个故事让我想起周杰伦刚出道时，有制作人挑剔他咬字不清楚，王力宏刚发片时，也有唱片公司的老板跟他妈妈说，想在华语歌坛发展，唱腔不能带有这么浓的R&B（节奏布鲁斯）味儿，但结果他们建立起自己的风格，成功了！

现今的世界丰富多元，你有太多机会表现自己，但风格终究不能替代真功夫。毕加索创造了很现代的画风，可是看他早期的作品，便知道他也是按部就班一步步走出来的。

成功的艺术家往往都是打了多年的硬底子，把传统技巧琢磨得炉火纯青后，才开创出个人风格。相反，很多人自以为拥有独特风格，但如果没有“底子”，往往会像没有结实地基的建筑，就算盖得高，也维持不了多久就会垮。

保护根本

他们希望你写最深入的作品，却可能整天整夜地打扰你！他们希望球员精神饱满、场场报捷，却可能请球员饮酒通宵！

我有一位学术界的朋友，以写政论闻名，成为各大报社约稿的对象，他却对我发牢骚说："我真不了解那些约稿的人，他们白天不停地打电话，晚上又不断地请我吃饭喝酒，偏偏在喝得已经东倒西歪的时候向我约稿，不但要时事评论性的文章，而且急如星火，隔日就得交稿。他们也不想想，前一晚喝得酩酊大醉，如何有清醒的头脑写稿？整天应酬、接电话，又如何有时间查资料？所以我装了电话录音，有空再回电话。晚上应酬多半谢绝，因为今天我不赴约，只要稿子写得好，改天还有的约。相反，今天我去了，写作的水准降低，连着几次，就再也没人请了！”

听来像是个笑话，但是那最后两句话，却有极深的道理。你会发现人们常常很矛盾。他们希望你写最深入的作品，却可能整天整夜地干扰你；他们希望球员精神饱满、场场报捷，却可能请球员饮酒通宵，三更半夜才让他们休息；他们希望老人长寿，却可能在寿宴上灌酒，并强迫老人吃过量的食物。他们一方面要表现自己尽了奉承之力，使受者盛情难却，背负着情感的包袱；另一方面，却又因为对你有了狂热的招待，而跟着有了狂热的要求。

如果你失败了，他们则可能弃你而去。

所以他们心中的哲理可能是：

你成功，所以我们奉承你。由于我们如此奉承，所以你应该成功。如果你失败，则有负于我们的招待。

不知你听完这段话，会有什么感想？你觉得人们太现实，还是维系成功不易？

其实这世界本来如此，譬如看戏时，掌声会引来更多的掌声，嘘声也可能勾起更多的嘘声。不论我们怎么说“锦上添花，不如雪中送炭”，那添花的毕竟要比送炭的多。

所以，当你被奉承的时候，千万注意你为什么被奉承，而且应该知道，如果失去了那被奉承的东西，你也可能失去已获得的一切。

由于你在学校担任指导数学的工作，那些被指导的同学，为了表达谢意，纷纷请你看电影，你觉得盛情难却，而一一赴约，使我不得不讲以上的这段故事给你听。

请不要觉得我太现实，否定了人们超现实的一面与友情的价值，但我也必须强调，在任何情况下，你都要保护自己的根本，如同那位写时事评论的人所说：“今天我不赴约，只要稿子写得好，改天还有的约。相反，今天我去了，写作的水准降低，连着几次，就再也没人请了！”

这种道理，不仅值得你深思，而且可能受用一辈子！

刘轩的话

应酬与人情

这篇文章写得很真实，但我直到现在才能体会，尤其对于“应酬”与“人情”这部分。

人们会拥护成功者，大都是对他们有相应的期望。我也不断警惕自己：如果有人把我奉为贵宾，我就必须更努力去赢得自己的地位。

人际社会，难免应酬，工作上必须花时间与客户维持良好关系，使日后有更多的合作机会，于是在工作与应酬间造成矛盾。我老爸习惯“隐居”的生活，就算他不去找人，自然有人找他。但我刚入社会，碰到该社交的场合，就算没空也得去。所以我觉得这篇所讲的，真是说来容易，做来难。

恒星的陨落

有一天你会发现总是拉你一把的那强有力的大手，居然孱弱而颤抖地伸出来，请求你扶持；有一天你心中永不衰颓的老人，可能写出最后两个已经难以辨认的字：“救我！”

有一天下午，看见你祖母坐车回来，我叫你出去接，并从窗帘间察看，发现你站在车门前，盯着八十岁的老祖母，颤悠悠地从高大的车上溜下来，竟然不知道过去扶一把。天哪！我当时真是火冒三丈，如果只是这样，我又何必叫你出去接车呢？

多日来，我试着平复火气，思索这个问题，并从自己的成长经验中寻找答案，终于在一条新闻里找到了原因，我发现即使是现在的我，也可能犯跟你同样的错误。

“巨人离席——敬悼一代文学大师梁实秋先生”。

当我早晨在报纸的副刊上看到那巨大的黑字标题时，真是惊愕极了，不仅由于梁实秋先生曾是我们的旧识和家中常客，且是收藏我作品的知音，更因为他是我最敬重的一位学者。我常对朋友说，梁实秋教授才称得上是真正的才子，因为他不仅从年轻时，就成为文艺界的先锋，更毕生致力，直到八十多岁，仍然创作不懈。有些人是一闪即逝的流星，有些人是偶然出现的彗星，梁实秋先生却有如长久不衰的恒星。

但是恒星似乎也有陨落的时刻，虽然他是那么豁达，认为“人死即如烛灭”，更说“死欲速朽，何用铺张”，但在临终时，还是做出了最后的挣扎。

当我读到丘彦明小姐记录的梁教授在临终时写下“救我”的字条，又狂喊“我要死了”“给我大量的氧”时，我有一种无比的悚动感，我不敢相信，这是那位潇洒风流视生死如浮云的一代大师所说的话。我甚至有些发怒，责怪他为什么如此不够豁达。而真正应该说，我懊恼他居然毁坏了我心中的文学偶像——永不衰老、永不停笔的梁实秋。

但，人毕竟是要老的，即使在千万人心中不朽的英雄，也会像射出的箭，无论多么强劲，在飞越呼啸之后，总有坠地的一刻。对于崇拜他的人，或许会有短暂无法接受的时间，但终究要承认这个千古不易的定律。

同样，我发现把你从小照顾到大的祖母，在你的心中，即使已经八十高龄，仍然是那一如往昔伟大的奶奶。虽然过去，你曾是她一手抱在怀中，一手炒菜的娃娃，而今则已高出她两个头。但在她心中，你仍是娃娃；在你心中，她也仍然是能将你一手举起的超级祖母（Super Grandma）。

问题是，大家都错了！如同我一直到梁教授死去，仍难以接受现实般，我们都应该逐步调整自己的位置，即使这调整是痛苦的，带有英雄偶像破灭的感觉，但若不这样，世界如何继往开来、新旧交替呢？

年轻人，有一天你会发觉，总是跑在你前面，被你同学称为“不累的机器人”的父亲，居然会跟在你身后狂喘；有一天你会发现别人买你的面子，却不再买你父母的交情；有一天你会发现总是拉你一把的那强有力的大手，居然孱弱而颤抖地伸出来，请求你扶持；有一天你心中永不衰颓的老人，可能写出最后两个已经难以辨认的字：

“救我！”

年轻人，扶你的祖母一把！在外出时，为她探看前面的路，预警每一块不平的地面，并为她推开厚重的门，说："小心！别夹了手！该带的东西带了吗？"如同老人家以前对你说的一般。

这样，你就真正成熟了，而且老一辈也便可以安然离去。因为留在你心中的，是他们不朽的精神形象，而非暂时的肉体衰逝！

刘轩和小帆永远是奶奶心中的小孙子、小孙女。

刘轩的话

那个信封

我奶奶一生个性好强又倔强，人家想搀她一把，她总是硬说不要，我这个孙子更管不住她。老爸担心奶奶，奶奶还担心我呢！

许多年后奶奶中风了，完全无法自己行动。到医院去看她，看到好几个护士合力把奶奶从轮椅抬到床上，我的眼眶湿了，难过的不仅是她的样子，而且因为她已经完全不会反抗，还不如个小婴儿。

从我小时候开始，每次爸妈出远门，都会告诉我家里哪个抽屉里有个信封，里头装了遗嘱、房契、保险之类的文件。听到这话，我会浑身不自在，平时根本不敢靠近那个抽屉。

有一天忽然接到老爸的电话：“我要去台安医院急诊室，快点过来！”当时我正在办一个活动，连忙赶过去，看到他脸色苍白地躺在病床上，摸他的手，是冰冷的。我找到医生问清楚病情，得知他是气喘发作，加上喝太多咖啡所致。第一次见到父亲如此衰弱，内心难以言喻的感触被彻底勾起，但难过的同时，却发现自己出奇冷静。那时我发现，这么多年来，我一直在做心理准备。如果有天必须打开“那个信封”，我相信我的心会是平静的。

谢天谢地，那天医生打了一针之后，老爸就好了。他现在还是每天要喝六杯咖啡，要管他跟管奶奶一样不容易。

读书的秘诀

书印好了，就是死的，人脑则是活的，你必须将这些死的资料，用最有效的语言、方法，输入你的大脑中。

你问我该怎么读书。如果你指的是读课本、考高分，我想我是没资格回答的，因为我高中的学业成绩并不好，全靠联考之前的猛力冲刺，才进入师大。但是，我又想：说不定这种冲刺的经验，倒可以供你参考。

我觉得脑子里一定有个死角，因为念书时，常有些东西硬是读不进去。碰到这种情况，我绝不硬背，而将那正面的冲突改为消耗战。方法是将背不进去的要点，写在课本靠近页边的位置，每次读书之前，先快速翻阅一遍，使那些字闪过脑海，仿佛分期付款，一个月下来，自然就记住了，反比那硬背的东西结实。

我也利用谐音的模式来记东西，这是从初中时期就有许多学生使用的方法。譬如“危险”是“单脚拉屎”（dangerous），“大学”是“由你玩四年”（university）。又譬如我背长江沿岸的十个二等港，只用了一句话“政无安九月常常杀一万”，意思是“政治不安定，九月秋决时处死的人往往高达一万”，虽然句子没有道理，却让我到现在还能记得“镇江、芜湖、安庆、九江、岳阳、长沙、常德、沙市、宜昌、万县”，有人大为惊讶，封我为“电脑”，岂知我是用了特殊的读书方法。

如果你到我书架上找，还会发现一大包“方块字”。以小纸片做札记，和以方块字帮助记忆，是我至今仍用的方法。譬如近来临习明朝韩道亨的《草诀百韵歌》，由于草字与楷书的笔画顺序有很大差异，许多字不易记住，我就将它们制成方块字，正面写楷书，背面写草字，口袋里揣上一把，随时摸出来，看到楷书就想草书，见到草字则加以辨别，倒也能事半功倍。

此外，古人有所谓“锦囊集句”，方法是将平日的灵感写在小纸条上，先投入锦囊，有空时再取出来整理，将片断的灵感集合为大的篇章。我也采取这个方法，不论乘车、走路，甚至上厕所时，只要有灵感，就写在随身携带的小本子或名片背后，统统集中在一个地方。虽然很可能一两年之后，才有闲暇拿出来整理，但是就用这个方法，我在百忙中居然能写成七本《萤窗小语》和《点一盏心灯》。如果我不知道把握每一个小灵感而任它飞逝，怎么可能有这些成绩呢？

还有一点，在这个知识爆炸的时代，你会发现书念不完，在做学问时却又需要广泛涉猎，所以你必须懂得上网查询和整理繁杂的资料。书买回来，即使没时间细看，也要将前言、目录翻过。

同样的道理，百科全书的检索目录、各种字典、词典、植物典、句典、名典、世界历史年表、地图，也是必备的。甚至像《国家地理杂志》这类书，由于资料丰富，很具有参考价值，为了检索方便，你也可以去买一本数十年来的目录。《纽约时报》集合各种重大新闻的《首版集成》(*Page One*)，百科全书的年鉴也很有用。

总之，书印好了，就是死的，人脑则是活的，你必须将这些死的资料，用最有效的语言、方法，输入你的大脑中。并将这些资料，放在身边，如同随身碟一般，随时等你插入，将你要的东西整理出来！

每个人都有自己读书的方法，我只是将我的方法提出来供你参考。如果你的程序语言更适用，当然还是用你自己的比较好。

作者用来练习草书的方块字卡片。

刘轩的话

所谓知识

现在资讯爆炸，透过网络，知识可以说是完全开放的。最重要的已经不是如何得到资料，而是如何整理。尤其网络上充斥着真假难辨的事物，每个人各持立场、各有观点，我们要如何筛选，建立起自己的视野与眼光；如何在浩瀚的知识里，整理出整体的思想，才是真正的挑战。

活的历史

最好的老师，不会只教你如何考高分，也不会严格规定你死背。最好的老师，教你活的学问，并且领你进入更宽广的天地！

听完你讲述历史老师留的假期作业，实在令我佩服他。

相信你们现在正念到欧洲的百年战争，所以老师才会叫你们假设自己是生在那个时代，而又身为报纸的主编，以现代的模式，来编写一份当时的报纸。

于是你们要写社论，根据事实绘声绘色地写专访，配插图、漫画、气象预报，甚至杜撰几个广告。为此，你们必得熟读历史，找到当时的绘画作品，追索那时的风俗习惯，并了解地理位置，否则就画不出插图、弄不出气象、类比不出专访的内容。

在这过程中，你们兼习了报纸的编辑方法、加强了写作的能力、摸索了时事漫画的制作，甚至版面和广告设计，也成为必须注意的。尤其重要的是：他使你们发挥想象力，把课本上读到的史实，活生生地展现出来。

那看来冷冰冰的人名、地名和原先与你们毫无关系的事物，都将被重新赋予生命。你们甚至经过层层的推想和当时的文献资料，感受到时局与个人的息息相关。于是人性流露出来，在大时代的变迁与小儿女的私情之间，你们也可能写出有血有肉的故事！

最好的老师，不会只教你如何考高分，也不会严格规定你死背。他要能引发你的兴趣，像磁铁般带出更多有意义的东西，且在这过程中发掘你的潜能。

最好的老师，教你活的学问，并且引领你进入更宽广的天地！

刘轩的话

史岱文森老师万岁!

那位历史老师真是很有创意，当时我做这份作业也非常开心。

另一个令我印象深刻的功课是：一位英文老师在教导“如何写信”时，要求班上每个人写一封投诉信，对象自己找，而且必须真正寄出去。当时我想了好几天，最后去信给一本男性杂志，投诉里头某则不实广告有性别歧视之嫌。那杂志没理我，但有不少同学的确由不同地方收到回信，其中还有同学写信到美国国防部后，收到某位将军的亲笔回函！一个简单的“complaint letter”（投诉信）作业，成了活生生的教育，而且跟社会连接，与政府互动，当然棒！

以我的观察，现今台湾地区的教育体制存在不少问题，例如很多作业最后落在家长头上，结果造成小朋友过度依赖。而且由于大家的作业都已经达到成人水准，老师在交代功课时，标准也愈来愈高，早已超出小朋友的能力范围，变成恶性循环。

在美国上小学时，我曾经因为一项制作房子模型的作业，让老爸插手，结果被同学狠揍。从此之后，我打死都不再让他介入。另外值得一提的是，高中时期很爱“造反”的我，在一项科目上选择以拍电影短片取代交报告，居然非但没挨骂，还被老师送去校外比赛得了奖。日后回想，这也许是我能顺利申请进哈佛的原因之一。写到这儿，我要喊一句:“史岱文森老师万岁！”

当头棒喝

每年寒假，美国大学的入学组，常为一种转学生烦恼，因为那些孩子可能有特优的高中成绩和最差的大一上学期分数。

你的母亲对我说，你常在车上以很坏的态度抱怨自己要到远处上学。她说若不是因为在开车，一定要赏你两记耳光。

你的祖母，也常对我表示，早上叫你起床，是件很难的事，因为总要喊四五次，你才能起得来。

我当时心想：如果你母亲在你抱怨时，立刻把车停在路边，赶你下去，由你决定回家还是上学，然后自己想办法的话，只要一次，你就再也不会在车上抱怨。因为你由处罚中知道，能有母亲开车送你到地铁，已经是很幸运的事。

至于你祖母，如果有一天，她只叫你一回，便不再催，妈妈的车子更不多等，使你迟到几次，你也会立刻改正那种屡催不起的毛病。

我几乎可以想象，当你站在高速公路旁，或自己突然从梦中惊醒，发现四顾无援时，会有多么慌乱。但我也相信，这种经验必使你终生难忘。

问题是，她们都不忍心这样做。也因此，造成你得不到教训，而不知改正；得不到棒喝，而不能顿悟。

每年在开学之后两个礼拜，理当已经没有人注册入学，却可能是美国大学入学组很忙的时刻。因为他们年年发现，这时会有许多原来怀着梦想，离开家门，到远方念书的学生，一把鼻涕一把眼泪地跑回家，再在父母的陪同下，到附近的学校申请紧急入学。原因很简单——他们发现离开家的日子不好过。

每年寒假，美国大学的入学组，常为一种转学生烦恼，因为那些孩子可能有特优的高中成绩和最差的大一上学期分数。原因也很简单——因为他们在家里被逼惯了，每天一进家门，父母先问有多少功课，然后便一样一样盯着做。他们的时间，理当由自己安排，却成为父母的事。有一天到外埠念书，没人逼，就事事失了方寸，成绩一落千丈。

我常想：这些孩子在父母的呵护下，进入附近的学校就读，固然又会被导上轨道，可是当他毕业之后，怎么办？也正因此，我们可以讲：学校里成绩好的学生，除非他是完全自动自发的，否则没有人能保证，他到社会上，还能站在前面。

因此，我做了个决定，尽量不问你学校的进度，不叮嘱你去做功课，不催你去弹琴，也不叫你起床。我也越发坚定了一个信念：让你到曼哈顿去上学，离家远一点，是正确的选择。

父母不能帮你走未来的路！

刘轩的话

身为家长的抉择

虽然我妈妈不曾把我从车上踢下去，但如果她真这么做，我也不会怪她。

以后我教导自己的小孩，应该也会用这种态度，也就是说：“你自己不负责任，我不会帮你擦屁股。”但这种教育方式的难处在于，家长虽然很想放手让小孩从错误中学习，却又怕小孩会吃亏。这是很大的矛盾。

在督促小朋友做功课这件事上，我倒觉得家长不能完全放手。因为小孩不懂得远程目标的重要性，“未来的成功”也只是个抽象的概念，这时候家长得引导。

这当中也蕴藏了一些教育上的文化差异。一般而言，美国家长较不会过问功课，看重的反而是小孩有无参加球队、人格发展是否健全、社交礼仪周不周到。又像我有个爱尔兰裔的朋友，提到他小时候跟其他小朋友发生争执，几乎要打架了，他爸爸知道后说：“如果你不出去打，就不是我儿子。”

这位父亲的观念是：“如果你有理，就要力争；若对方不讲理，你就去打。”这或许不是多半中国父母的观念，但其实也并不算错，文化差异造成不同的教养方式与观念，很值得思考。

空手道

每个男孩都会梦想成为除暴安良的侠客，我也不例外。我曾经一次劈裂成堆的灰瓦，一巴掌打断学校的桌角，也曾一次劈断两块新烧的红砖。但是……

下午我们在收拾完院子之后，你捡了两块瓦片来，要求我以空手道的模式劈断，而当我轻易做到之后，你眼睛里闪着异样的光彩，一再追问我该怎么学，以及我从什么时候开始练。

我想每个男孩子到了十三四岁，都会开始有尚武精神，我也不例外，常看武侠小说，梦想上山拜师习艺，成为除暴安良的侠客。羡慕那书中描述的剑眉星目、齿白唇红、鼻若悬胆，宛如玉树临风的青年高手，也便拿些棍棒挥舞，更试着劈砖，甚至买《少林秘笈》《易筋经》，依样比画。

劈砖应该是我练最久的了，主要的原因是可以炫耀。实际两年下来，也真有了一点成绩。我曾经一次劈裂成堆的灰瓦，一巴掌打断学校的桌角，也曾一次劈断两块新烧的红砖。但是有一回同学拿了拆老房子剩下的红砖，我却把手劈得通红，也伤不了砖块分毫。

你要知道，当我们空手劈东西的时候，如果东西应声而断，手上的力量完全出去了，自己便毫无损伤。相反，如果东西不断，那使出的力量，便完全弹了回来。用的力量愈大，伤害愈强。

记得高一的时候，同学常拿些木条、砖块来请我露一手。为了面子，我不得不硬着头皮，对付那自己没有把握的东西，而在回家之后，彻夜忍受手掌的疼痛，且在次日装作若无其事的样子。

渐渐我发觉，作画时有手抖的现象，甚至连画山水当中的小东西，都有了问题。我更渐渐想通，只有一只右手练成铁砂掌，真碰到状况，一心想对手把身子乖乖送过来让我对准了劈，不但不可能如愿，只怕自己会先吃亏。这种偏在一处的武功，实际是不值得仗恃的，也便停止了练习。

所以，当你问我该怎么练时，我再三强调，除非你能找到真有功夫的好老师，做整体的锻炼，如果只是像我当年拿肉掌劈砖头，练得几分硬功夫，反落得手抖，倒不如不练。

当然，在劈砖中，我也领悟了一些事情，那就是：

当我心里没把握时，生怕使出的力气又弹回来，便愈是劈不断。

当我一心表现，却再三无功而退时，便容易心浮气躁，斗血气之勇，到头来，使自己受到更大的伤害。

我不希望你学劈砖，却盼望你记住这两段话！

刘轩的话

自我的纪律

许多小孩崇拜武功，其实都是希望建立自信，而不是为了四方除害或拯救世界。我想象自己以后有了儿子，也会鼓励他去练习空手道之类的武术，因为除了能够学到防身术，还可以学到更重要的“自律”。

在美国校园里，常会有些受欺侮的孩子，想通过练武以获得自信。但如果直接拿把枪，以极端的暴力去耀武扬威，就太糟了！

此外，文末的几句话也让我受益良多，并且不时在日常生活中真切体验。我们在做一件事时，常是一股“气”在运行。平时如果把自己调整到稳定的状况，遇事时全神贯注，把气势集中，便会力道十足，且不会因为犹豫而受伤。

早熟

前年种的两株牡丹，虽然当初一样大，但是去年开花的那株，今年却比未开花的另一株瘦小了一半，而后者今年开的花也比前者更多。为什么？

“我小时候就想学画，但是没能学，高中毕业后又想学画，还是没能做到，所以一直拖到今天！”

一位中年妇人对我说，她的眼睛里闪着智慧的光彩，虽然只是上第二堂课，已经看得出过人的才学，我敢说如果她早早学画，一定能有不错的成就。

“为什么两次都没能如愿学画呢？”我问她。

“因为我父母十几岁就结婚生了我，能养活我已经够辛苦了，怎么还可能花钱让我学画？”

“那么你高中毕业时，为什么又没能走上学艺术的道路呢？”

“因为我也早早结婚怀了小孩！”她有点不太好意思地说，“只怪我父母结婚太早，两个人情感都不成熟，总是吵架，家里没有温暖，所以我希望愈早离开家愈好。问题是既然结婚成家，也就没能实现学艺术的理想。”

我没有继续追问她的子女又如何，只是把这段故事告诉你，供你思考。

一对十七八岁就结婚生育的父母，不仅没能完成他们年轻时的理想，也没能实现他们子女的梦想，甚至一连串地影响了许多人。那么，这个早婚是不是值得斟酌呢？

记得我有一天叫你到后园看前年种的两株牡丹吗？虽然当初一样大，但是去年开花的那株，今年却比未开花的另一株瘦小了一半，而后者今年开的花也比前者更多。是什么原因，使它们有那样大的分别？

因为有一株太早绽放，虽然抢了先，却也伤了本。

每年夏天，蔷薇开过后，你总会看见我把它们结的籽一个个剪掉，你也会看到我把君子兰粗大的花茎齐根切去，因为当它们以大量的养分支持果实和种子的时候，下一季的花朵就可能减少许多。

你已经是个十足的青少年，甚至可以说是正走向血气方刚的青年；你的骨骼开始变得粗壮，胸肩变得宽阔而厚实，你卧室的墙上开始悬挂女星的照片，早上可以听见我送你的电动剃须刀愈来愈频繁的声响；你梳头洗头和挤痘的时间成倍增长，头发的花样不断地翻新，当你坐在我对面时，那发胶的香味经常令我敏感得有些气喘。

这表示，你将成熟。成熟得准备绽开花朵，引来蜂蝶，甚至使一株雌花受孕。

所以在此刻，我说以上的故事给你听，希望你了解其中的意思！

画面上方是早一年绽放的牡丹，
枝叶显然比下方那株来得瘦弱。

刘轩的话

牡丹花的比喻

听父母谈性，总是有点别扭。对这点，我老爸倒是能说得脸不红气不喘。记得有一次，我老爸直接带我到屈臣氏，对我说：“这里可以买到安全套。”那时我心想：如果可以用到当然最好！那时我十九岁，仍是个处男。

这篇文章，我老爸倒是写得很含蓄，意思不难懂，但是对当时十四五岁的我，其实很想回头问：“老爸，有没有比牡丹更好的比喻？”

体能与技巧

运动的精神，是达到体能的极限，并发挥身体的最大潜能，而非不自量力地硬拼。如果举重的人压伤了脊柱，赛跑的人拉伤了肌肉，投球的人扭伤了手肘……

你对我抱怨说，虽然练了一个暑假的篮球，却在比赛时打不了多久就体力不支，似乎体力不如人。

我想这固然显示你的体力较差，也表示你的技术有问题。

因为体育活动除了是体能的活动之外，更包含了技巧与智慧，如同用杠杆和滑轮举东西，当你使用恰当的工具时，能有“四两拨千斤”的效果。也就因此，练网球的人，第一件要学的是握拍的方法和手臂的曲直，如果起步的基本动作不对，非但球打不好，而且可能伤到身体。相反，当你用力的方法正确时，则能以较少的力气，击出较佳的球。

记得有年暑假，我有一次跟朋友去游泳，我游的是多年前自己练出来的蛙式，虽然在岸上的体力绝不比同行的朋友差，可是在水中，非但游得不如他快，而且游不久就累了。朋友笑问我，为什么每次拨水时手臂都不伸开，又不拨到底，看起来十分忙碌而滑稽。我想这应该是我容易累的原因。我以为手动得快，就能游得快，岂知用出去的力量，多半被自己匆忙而不完整的动作抵消了。

这也使我想起刚进“中视”报新闻的情况，许多人都批评我播得太快，给人气急的感觉。但是当我播久了之后，虽然速度丝毫未减，却从容而游刃有余了。这是因为我掌握了节奏，将不重要的句子瞬间带过，碰到重要的字眼儿，又放慢速度，使观众听得特别清楚。

同样，我像你这个年岁时，也不擅长打篮球。每次比赛，抢球时猛跳，却因为抓不准时间，而总是抢不到。截球时，又双手乱舞，想以密不透风的动作拦阻对方传球，碰到差的对手固然有效，遇见高手却毫无用处，最后往往累得上气不接下气而先退场。

其实这种运动技巧的问题，不仅发生在初学者的身上，许多资深甚至已经跻身顶峰的选手也可能遇到。譬如华裔溜冰好手，被称为“中国搪瓷娃娃”的陈婷婷，就因为使用肌肉位置不当，而再三遭遇挫折。

运动应该是刚柔并济的，如果举重的人压伤了脊柱，赛跑的人拉伤了肌肉，投球的人扭伤了手肘，不是由于他们过度练习，就是有了技术上的误差。因此，拳击赛时，有一方已显然不支，虽未倒地，裁判也会判定比赛结束；当医学界发现少年棒球选手投变化球，可能有碍手臂的发育时，更会建议禁止小选手练习变化球。

运动的精神，是达到体能的极限，并发挥身体的最大潜能，而非不自量力地硬拼。所以当你觉得体能不支的时候，应该以渐进的模式提升，而不要勉强。更应该检讨是否基本技巧有问题，而非逞一时之勇。

刘轩的话

掌握诀窍

我认识一个乐团鼓手，自己学会打鼓，打得不错，只是方法不对。其他的团员都建议他找个老师学习，他说："只要打得准，谁管？"后来他得了关节炎。

有不少歌手，刚开始练的时候只懂得用蛮力飙高音，但其实唱歌有胸音、喉音、头音三种技巧。不懂得转换，很容易造成喉咙受伤。

我以前打字很快，因为练过钢琴，手指比较灵活。但我从来没有学过所谓的 touch typing（盲打），所以打字要一直看着键盘。后来在大学，去应征打字员的工作，老板说我虽然速度快，但因为方式不对，容易打错，所以没有聘我。

一旦养成了习惯，就很难再改，不如一开始先多花一点时间，学会正确的方法！

第二章

社交

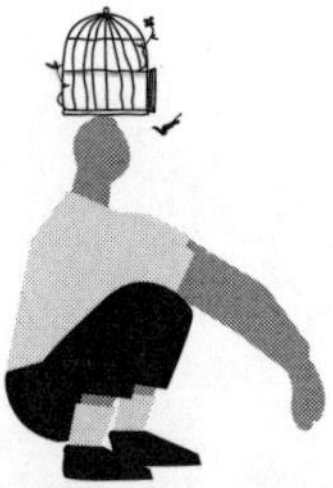

那个说出“请继续啊！”的人，真令人感激。

刘墉青春修炼手册

贵人哪里来

每个人都可能遇到贵人，这些贵人不一定真的尊贵，他可能是陌生人，也可能是一面之缘的过客，甚至是你的敌人！

“贵人”这个名词，相信你早就知道了，因为几年前，有一次家里请客，我事先对你说，受邀的客人是我以前的贵人，因为他的帮助，使我有后来的成功。你当时虽然并不十分了解，却在餐桌上对客人说：“我爸爸讲，你是他的贵人！”

我当时看得出来，那人听了有多么高兴，因为他知道我没忘记他以前的好处。但我后来也听说，他的太太回家跟他大吵一架，说他自己连个固定的工作都没有，怎么会是别人的“贵人”？

他的妻子错了！因为能做贵人的，自己不一定多么尊贵。当我们要找自己生命中的贵人时，也不见得要到世俗所谓荣华富贵的阶层去寻觅。许多贵人，都出奇的平凡。而平凡的我们，也随时可能成为别人生命中具有重大意义的“贵人”，甚至当我们成为别人的贵人时，自己还不知道。

从前有个人写信给燕国的丞相，因为光线太暗，就叫仆人举烛，一不留意，把“举烛”两个字，也写入了信中，等到燕国的丞相收到信，读到举烛两个字，竟然大为感动，说举烛的意思是追求光明，也就是要拔擢贤才，并以此呈请君王采用，使得燕国强盛起来。

传说李白起初做学问很没有耐性，直到某日，看见一位老妇，居然想将一根粗铁条磨成绣花针，才顿时醒悟，回头苦学，成为诗仙。

米开朗琪罗在画西斯廷教堂时，有些不满意自己的成绩，却又因为完成大半而舍不得重画，直到有一天去喝酒，看见老板毫不犹豫地把新开的一大桶酸酒倒掉，终于下定决心“重新画过”，成就了不朽的作品。

以上写“举烛”的郢人、磨针的老太太和酒店的老板，可知道自己无意中的行为，竟能造就别人？而他们何尝不是燕国、李白和米开朗琪罗的贵人?

又譬如我有位朋友外出旅行，临上飞机发现旅行社的小姐竟把他最重要的身份证明资料遗失了，他起初大发雷霆，要求赔偿损失，但是后来又跑去向旅行社道谢，说犯了错的小姐是他命中的贵人。原来他没赶上的那班飞机发生了空难。

你想想，由犯错，到成为别人的救命恩人，这当中有多大的转变，岂是当事人预先能知道的。

再拿我的遭遇来说吧！当我的《点一盏心灯》写到中途的时候，有位朋友来访，看了我写好的稿子说:“这些东西太软，缺乏吸引人的力量！”

虽然你母亲说，那位朋友可能是嫉妒我的成绩，讲出酸葡萄的话，我当时也有些不悦，但细细检讨之后，发现确实有许多篇可以改变写作角度，以形成更大的戏剧性和说服力，所以将三十多篇全部抛弃重写，使《点一盏心灯》成为畅销而且长销的作品。

由此可知，到处都可能有自己的贵人，他们不一定是直接提拔你的尊长，反而可能是毫无关系的陌生者、一面之缘的过客，乃至你的敌人。只要你能从他们的身上有所领悟，并引导自己走向更美好的未来，或由于因缘，使你免于原本可能发生的厄运，他们就都是你的贵人。

所以，不要轻视任何人，也不要轻视自己，因为那平凡人可能是你的贵人，你也可能成为别人的贵人！

刘轩的话

微妙的人际关系

这是一篇写给有人生历练的读者看的，现在的我，在阅读时也比以前更有体会。因为在现实生活中，常会发现有许多原先不喜欢，或相处不睦的人，最后却可能成为自己的贵人。例如我刚回来工作时，有一次接办活动，被一个老板坑了一笔钱。当初几乎跟对方翻脸，但后来有一天，那个老板在他店里介绍了一位唱片制作人给我，那制作人又介绍了好几个业界朋友，让我很快打入台湾地区的音乐圈。没有那个老板牵线，我可能很不容易认识这些人，如此看来那老板岂不成了我的贵人？

据理力争

有道德的人不少，有道德勇气的人却不多。如果由于你在课堂上据理力争，得罪了老师，而被“挂科”，我仍然要对你竖起大拇指！

有几天看你的神色不对，猜想一定在学校有了什么麻烦，而当你在我的逼问之下，说是因为跟新的英文老师辩论评分方法，老师词穷之后，似乎对你不满意，而不太理会你，甚至当你有疑问举手，都装作没看到时，我不得不说：“好极了！年轻人，我支持你！”

你一定十分惊讶我这个看似老古板的人，会有如此表示。但是你也要知道，向一切不合理的事务抗争到底，为维护真理绝不屈服，是我一贯的处事态度。我相信这种精神，是民主社会人人应该有的，而对于自己信仰和真理的坚持，更是每个成功者必备的条件。伪君子可以成功，但那成功必不够伟大；狂进的人可能失败，但那失败往往壮烈。所以只要你的态度和缓，做有风度的君子之争，即使是向威权不可侵犯的老师争，我也支持。

记得我在高中时，虽然考试成绩不错，作业也极佳，一个数学老师却因我经常去办校刊，或代表学校外出参加比赛，以上课缺席为由，给我很低的分数，当时我甚至气得想把实验解剖的青蛙放到她的抽屉里。

当我进入师大美术系的第一天，看见教室后面挂着一幅相当好的作品，问教授那张画在系展中得了第几名时，教授说画是可以得第一，但因为这个学生总逃课，所以给他第二。我立刻表示，如果比赛是就作品来论，画得好就应该给他第一，当场使教授不太高兴。

当我初来美国，有一次在南方坐长途客运车，位子被划在最后面，上车却发现前面有许多空位时，曾立刻去售票处询问，是不是因为种族歧视，把我这个黄种人放到厕所旁边，结果获得了前面的位子。

当我发现我们住的大楼在管理上有许多不合理之处时，

曾立刻邀集了两位住户，分别拜访一百多家，成立了管理委员会。其间遭遇许多阻力，连住同一幢楼的亲戚都反对，认为我多管闲事。

正如你所说，老师评分方法不公平，虽然同学们都不服，却不敢说，只有你提出来，并逐项与老师辩论。随着年龄的增长，你会发现有道德的人不少，有道德勇气的人却不多。问题是如果没有人敢挺身抗争，不公的永远不公，委屈的永远委屈。所以我支持你做一个有风度的抗争者。

在此你要注意，我说“有风度的抗争者”，那“风度”是极重要的。当我们看美国总统大选辩论时，评论员往往把辩论者是否从头到尾面带笑容这件事列为优先。也就是说，即使在你激动而义正词严的时候，也要维持思路的清晰，而且对事不对人，尊重那些与你抗争的人。因为你争的是理，不是去毁损对方的人格。

当然我也必须告诉你，作为一个带头的抗争者，往往也是最早牺牲的。我曾经在学校里因为跟两位教授辩论而失去做全 A 毕业生的机会，也曾经因被挂科而几乎无法毕业，我还是小学六年级班上两个被美术老师打手心的学生之一。但我并不恨他们，因为如果我自己理直，他们没有风度接受，是他们的错；如果我理屈，则我自己应该反省。在强烈的抗争之后，冷静地思考一下，作为改进或激励自己的一种方法，总是会有收获的。而我自己做教授，常被学生气得冒火，却不得不压下来，并回家思索，何尝不是由学生时代的经验中，得到了“同理心”。

我自己绝不会因为学生据理力争而扣那个学生的分数。我可能一时不高兴，但不会一直不高兴，尤其当我知道学生对的时候，更得感谢他的指正，甚至佩服他的勇气。我确实可能不喜欢他，但不能否定他，因为在未来的茫茫人海中，放出异彩的，往往不是书呆子，而是这种具有风骨与胆识的人。

所以只要你能心存恭敬，以学生应有的礼貌，举出自己坚信的道理，就算这一科不及格，我也为你竖起大拇指，并希望你由愤懑不平中激发力量，未来在这一科有出色的成就。相反，如果因为老师不讲理，就使你意兴阑珊，放弃努力，你只好成为一个真正的失败者。

露出开朗的笑容！或许那老师明天也会对你这个不平凡的学生笑的。

作者大学一年级，在教室后面见到的巨幅国画，为画家林崇汉的作品。

刘轩的话

原则之争

我记得刚回来时，发现这里与美国存有很大的文化差异。美国人会主动争取权益，可是中国台湾人常不会，也许是怕浪费时间、怕麻烦，或怕因为争论而惹祸上身。

我在纽约收到法院寄来的通知，因为我使用的美国信用卡公司有一项隐藏的费用，造成消费者不满而告上法院。上诉人愿意花很多时间与精力为所有的信用卡会员争取权益，即使最后只是几块美金。但是争的人说：“It’s a matter of principle.”（这是原则之争。）我相当认同这样的态度。

在美国社会，你要据理力争。我老爸在我小时候常教导我要争取自己的权益，甚至会在他跟对方理论时，叫我站在一边看。这种以前让我脸红的事，现在显得很有意义。更重要的是，其实我们要争取的是大原则，而非个人权益。

政治哲学家埃德蒙·伯克（Edmund Burke，1729—1797）有句名言：“邪恶胜利的唯一关键，就是当好人袖手旁观的时候。”道德很重要，但是有道德而没勇气，道德常是没用的。

做砚与做人

从溪流里捡回雕砚台的石头之后，先要放在烈日下曝晒！用砚石磨刀，再以刀雕砚台！而且不管雕什么砚台，都得从底开始修起！

我去拜访了雕砚台的师傅，虽没买下多少砚台，却有了不少感悟。

雕砚师傅家的门口，堆了许多砚石，都是他从溪流里涉水挑选回来的。那些石块，表面看是灰色的，很难让人相信，居然能够刻出紫红、暗绿和深黑色的砚台。

师傅说，石头运回来，一定先要曝晒，因为许多石头在溪流里漂亮，却有难以觉察的裂缝，只有经过不断的日晒雨淋，才能显现，甚至自己就会崩裂。

师傅又说，未经琢磨的石头，因为表面粗糙，不容易看出色彩和纹理，淋上水之后，比较会显现，但是水一干，又不见了。必须切磨打光之后，才能完全且持久地呈现。他还说，其实这世上的每一块石头都很美，即使不适合做砚台，也各有特色，耐人赏玩。

我特别要求他，让我自己试着刻一方砚。师傅掏出一把平头的凿刀，又递给我一只锤子。我问如果这刀锋钝了怎么办，他说就用砚石来磨，因为好的砚石，质细而坚，也是最好的磨刀石。

我小心地由磨墨的砚面雕起。师傅赶紧纠正：不管雕什么砚台，都得先修底。底不平，上面不稳，很难雕得好。

回程的路上我一直想，砚石何尝不像人，无论表面怎么拙陋，经过琢磨，都会显现美丽的纹理。当然一方好砚，必须用石质细腻、触感润泽，又坚实耐磨的石头制作。那石块必须经过严格的考验，如同文质彬彬，外表敦和而心中耿介的君子，经过心志与肌肤的劳苦之后，才能承担大任。

我也想，在工作中锻炼，正如同在雕砚时磨砺。好的工作，就像好的砚石，不但成就了工作，也磨炼了工作者。

当然，最重要的，是雕砚先修底。多么细致的花纹与藻饰，都得由那基础的地方开始。

虽然修底的工作是最枯燥的！

刘轩的话

自我充实的过程

十一二岁时，我常像个小书童一样，帮老爸磨墨、煮咖啡，他还说我煮的咖啡最好喝。老爸爱玩石头，旅行时常常沿途注意石头，所以他从砚台看到做人的道理，我一点也不意外。

我认为自己现在正是文中所提到的“打底阶段”。我的成长过程向来顺遂，又很早就受到瞩目，获得很多肯定。但这些肯定让我有些心虚，因为许多事情对我而言都是日常生活的一部分，不曾做过很大的努力，直到我走上音乐这条路。虽然小时候家人会逼我弹琴，但我现在从事的工作，都是靠自修。

专业要靠磨炼跟经验的累积。人生是不断自我充实与实践。我因为创作与实践，而更能肯定自己。

聆听的学问

有位舞台剧演员，独白到舞台边，突然听见下面传来嗑瓜子的声音，虽然只有一声，他却气得差点儿从台上跳下去，掐住那人的喉咙。

在人们聊天的时候，经常会出现这么一个现象——

其中一人正兴高采烈地述说，却发现大家突然交头接耳，岔到别的话题，原来的听众似乎一下子全转向了。

正当他尴尬得不知如何是好的时候，如果你能做他唯一的忠实听众，甚至大声地追问：“继续说啊！下面的事情怎么发展？”他一定仿佛溺水时突然抓到援手般，眉头一扬，又恢复了精神，续完他的故事。

每个人都可能碰到过这样的场面，都可能是那个故事说到一半，不知如何是好的人，也或许是那及时为人脱困的朋友，更可能是另起炉灶，岔开他人话题，换成自己发挥的人。

但是我相信，最令你感念的，应该是那追问你“继续说啊！下面事情怎么发展？”的朋友，最让你咬牙切齿的，则是泼你半盆冷水，大家突然转变话题的场面。

说话时，使听众注意力集中，是一门学问。

听话时，集中注意力于说话者，更是一门学问。

因为前者是才能，后者是德行。

这种德行，可能包含尊重、体谅与忍耐，并不是人人都能做到的。

当我们听演讲或音乐会时，知道要准时入场，中途不能讲话，也不该离座，因为这是对台上人的尊重。

如果这台上人的演出很差，你却能维持风度听下去，不是一种忍耐吗?

问题是，忍耐对你来讲只是一时的，如果你半途离场，对台上人的伤害，却可能是永远的。

有位舞台剧的演员对我说，他一辈子也不会忘记有一回在戏中独白到舞台边，突然听见下面传来嗑瓜子的声音，虽然只有一声，他却气得差点儿从台上跳下去，掐住那个人的喉咙。

他为什么那样气？

因为他觉得自己没有被尊重，那嗑瓜子的一声响，伤了他的自尊心，而这种伤害常是永远的。

至于我说聆听人讲话，也是一种体谅，就更值得你深思了。因为“事不关己，不关心”，你会发现许多在述说者心中最了不得的事，在外人耳中，却是极无聊的。

譬如遭遇情感问题的人，谈她少收到几封信，白打了几通电话；得意的父母，说他的孩子又考了多少第一，得了几个甲上；沉迷于宠物的人谈他的猫狗如何通灵懂事。如果你没有体谅，知道情人心、父母心，乃至宠物心，再加上忍耐与尊重，是极可能无法长久听下去的。

我有一位朋友，曾在长途车上，以几个钟头说他研究制作纸花的心得，仿佛他已经是世界上最伟大的纸花艺术家，并计划如何打开全球市场。

隔了几个月，他又改变话题，说他得到一种祖传秘方，将可以大量生产，且会得到诺贝尔奖。事后同行的人怪我，为什么一直听下去，而且有唱有和的，明明知道他在做梦，为什么不拆穿，又何苦做他的唯一听众。

我说，因为这是他再三遭遇挫折后，唯一做梦的机会。有些人的梦可以早早打断，有些人做梦的权利，却不是我们应该去剥夺的。

这种听话的忍耐力，是因为我了解他的苦，也可以说是一种体谅。

从以上这些例子，你应该知道，聆听人讲话，是一门多大的学问！你要学着去尊重、去容忍、去谅解，必能因此获得对方衷心的感念。

刘轩的话

社交的秘诀

当有人在说话中途被打断，那个说出“请继续啊！”的人，常令人感激。

我自己也有很多类似的经验，像我在哈佛研究所念书时担任助教，与学生讨论时就很注意这点，让大家都有同等的发言机会。哈佛学生大多很有主见，因此常有学生在说话中途被他人打断，这时我会坚持让前面那人说完，或者想办法把话题接回去。教授和学生都因此很喜欢我。

平时我也会尽量当一名好听众，而且老实说，好的聆听者一定也是好的约会对象。常会听到一些女性朋友抱怨，很难遇到知心的约会对象，因为大部分男生都忙于卖弄自己。如果有个人愿意聆听，往往最能拉近关系。

远行的朋友

失意人前，勿谈得意事；得意人前，勿谈失意事。失意时交的朋友，得意时常容易失去；得意时得罪的朋友，失意时也难挽回。

当你跟亨利出去玩的时候，我特意把你叫进来，叮嘱你不要对他说，我们准备买新房子的事。

你似乎不太苟同地看看我，心不甘、情不愿地点头出去了。

不错！你可能认为我有一点假，既然是真实的事情，为什么不能说，何况亨利又是你那么要好的朋友。

但是你也知道，亨利跟他的父母就要被调往别的国家，对于这一块已经生活了十年的土地，他内心有着多少依恋、无奈与失落，他可能在家对着心情不定的父母说想留下，却换来斥责。他的父母何尝愿意走，心中又有多少矛盾？

况且当我们搬新家的时候，他们已经离开了，那么你对他说又有什么意义呢？表示你的父母有办法？表示你会生活得更体面？抑或表示你比他更得意？

他是你最要好的朋友，你能搬到更好的房子，他应该为你高兴，但是相反，他要到远方去，你是不是也该分担他的怅惘？

此刻你对一个将离去的朋友，说你不但能在美国安居，而且能够更上层楼，对你和他，都没什么好处，只有更增加彼此的距离。

所以，向他说一些你对他前去国家的向往，说我们将去那里看他们，说希望他每年回来玩玩，届时可以住在我们家。并告诉他，你们可以经常通信，并交换资讯，使他能够面对新环境，有更多的憧憬与勇气。

这些，才是你应该对朋友说的。

失意人前，勿谈得意事。因为那只可能加重对方的落寞。所以即使万事顺心，也要故意说些辛苦处给朋友听。

得意人前，勿谈失意事。因为得意人常不能体谅失意者的痛苦。所以即使有许多不如意，也要振作精神。

失意时交的朋友，得意时常会失去，因为他觉得你高升了，不再是他的一伙，他不愿意高攀，也高攀不上。你无心的一言一行，都可能引起他自卑式的敏感。

得意时得罪的朋友，失意时也难挽回。因为他觉得你昔日气焰的消失，不是因为你变得谦和，而是因为走投无路，才回头攀老交情。昔日你不认他，他今天也不认你！

在未来的岁月，随着你的成长，将会逐渐了解我这番话的道理。

刘轩的话

失意人前勿谈得意事

“失意人前勿谈得意事”的概念，蕴藏了老祖宗的深层智慧。

我有个很得意的朋友也遭遇了类似的情形。他在参加活动时碰到一位失意的朋友，说有信用卡的麻烦，我这朋友认识负责的经理，便自告奋勇地帮忙处理。岂料事后，那失意朋友竟传了一条简讯给他，说：“你的强势让我愈来愈无法靠近你。”

失意人往往有自卑式的敏感。我老爸说得意人常无法体谅失意人的痛苦。但如果反向思考，得意人如虹的气势，遇上了失意人，也会像乌云，有碍气势。

这篇文章让我愈来愈了解东方社会。西方人常认为东方人说话时拐弯抹角，不表现真实情感，甚至觉得这是一种缺陷。他们如果读读这篇文章，应该有所领悟。

冤枉

在地铁车厢里，只为了换位子的时间不对，就被打青了脸，甚至有失明之虞。在地铁车站里，只为了撞人一下未说抱歉，就被打裂嘴角，急诊缝了四针。

我有一个朋友，在地铁的车厢里，被人打青了脸，甚至有视网膜剥离的危险，你知道是为什么吗？

当时他看到车厢另一端，有个靠窗的座位，于是移过去，才坐下，就被尾随的一个黑人壮汉狠狠地揍了两拳。

原因是在他换位子的前一刻，正好那个黑人上车，并坐在他的身边。他完全没注意到这件事，却引起黑人的误会，以为他有种族歧视，不愿跟黑人同坐而换位子。

那黑人是因为自卑而敏感，又因为敏感而愤怒。我的那个朋友，则毫不知情地遭到了殴打。

你的小姨夫，不也如此吗？他来纽约第一次乘地铁，居然还没上车，在票亭的前面，就被人一拳打裂嘴角，送急诊缝了四针。

只为了他的手提箱撞到对方，忘了说对不起，且以斜斜的目光，看了对方一眼。其实他偷看对方，是想查看对方被撞到的回应，生怕对方不高兴，岂知对方反而认为他有歧视和瞧不起的意味，好像说："怎么样？撞你一下又如何？"于是一拳挥了过来。

你说我的朋友和你的姨夫是不是很冤枉呢？

答案当然是肯定的。但在这个人际关系复杂、环境压力沉重的社会，因为看一眼而挨刀子，不小心说错一句话而结深仇的事真是太多了！

所以身为现代人，就好比开车，你除了自己守规矩，还得注意别人是否不守规；除了照自己认为正确的方向去做，还得留意是否会让别人多心。你必须保持高度的敏感，且常常设想别人的感觉，才可能过得愉快。

是的！这样已经不够愉快，但比起那更不愉快的遭遇，显然要愉快多了！

人愈多，愈挤，手脚愈不灵活，谁能说不是呢？

刘轩的话

尊重与冷漠

不时会看到这类社会新闻：两群年轻人错身而过，只因为互看了一眼，就大打出手。相较之下，在纽约那样包容多元族群与文化的地方，每个人都既能自我防备，又能尊重他人。纽约客给人的印象常是冷漠的，但他们对人有基本的尊重。在高峰时刻的地铁里，纽约客不会不断推挤，而会不停地说“Excuse me”（对不起）。如果真有人无理地推挤，马上会有人大声喝止。

非礼勿听，非礼勿言

某人暂住朋友家，朋友的妻子趁丈夫不在时，对某人示好。某人峻拒了，但朋友回家后非但未责怪妻子，反而将某人踢了出去……

你问我：“讲话直，有没有错？”

我当时告诉你没错，但是几经思考之后，我要纠正自己的说法为：“如果直言对事情有帮助，可以直言，否则不如不说。”

话虽然讲得简单，但即使我自己，在几年前也是办不到的，因为把事情压在心里不说，真会把人憋死！

记得有一回我用电话叫出租车，并站在门口等，眼看那出租车从我面前驶过，他居然把地址弄错，糊涂到找不到我所讲的地方，而往前直冲，完全没有注意到我挥舞的手势。

等了足足有十几分钟，才见他从另一头驶回。

上车之后，我抱怨地说："为什么这么久才来，不是在电话里说好五分钟就到吗？"

那司机居然回答："是啊，只怪路上交通太挤了！"

我当时正在气头上，毫不考虑地说："算了吧！我看到你从我面前驶过，你是'没找到'，不是'交通挤'！"

那司机没有再说话，我却一直记得他通红的耳根和下车时带有恨意的目光。为什么？因为我当面拆穿了他的谎言。问题是，这直言对事情有什么帮助？只怕反而伤了情、结了怨。

讲话的技巧何止于此！甚至当别人要直言时，我们也应该看情况而有所处置。记得很多年前的一个场合，有位朋友对我批评某人，偏偏某人是我的好朋友，而批评的人事先不知道，在他将我的好朋友说得一无是处之后，才有旁边的人提醒他，骂的正是我的挚友。

当场那骂人的，和我自己都尴尬极了！尤其糟糕的是，他猜想我必会告诉自己的老友，竟先去找我的好朋友，说我与他不和，只怕会搬弄是非。

现在让我们来检讨一下当时的状况，是谁不对。

大家都没有错！但是如果在他刚有意批评时，我就能察觉，而及时把话岔开，或是说："唉！各有长短，咱们不谈别人吧！"他自然会及时把话收住。

退一步想，他旁边的人就算不及时提醒、阻止，也犯不着当面拆穿，这样不是最少也可以免得当场尴尬吗？

我曾经听过这么一件事：

某人暂住朋友家，朋友的妻子趁丈夫不在时，对某人示好，起初只是微露神色，在言语上做些试探，看某人没有什么拒绝的样子，就渐渐放浪形骸，这时某人才起而峻拒，甚至说要告诉她的丈夫。

岂知那女人的丈夫回到家，不但没有责怪自己的老婆，反而狠狠把某人踢了出去，而且拒听任何解释。

原来那女人怕某人告状，竟先去告诉丈夫，说某人有非礼的举动。

你说，某人错在哪里？错在他应该在事情没有显明之前，先暗示自己的正派，甚至借故避出去，而不应该任那女人表白，失去挽回的机会。

我还听过一个故事：

某人夜宿旅店，在床上听见隔壁的人商谈谋反的事，商谈者讲到一半，突然警觉隔墙有耳，提刀冲过去，所幸床上的人装作酣睡而口沫横流的样子，才逃得杀身之祸。

更有一个老兵对我说，时局乱的时候，最要小心的是你曾经得罪和知晓他秘密的人，因为当那人拿到武器，多杀一个和少杀一个没什么不同，很可能因为你知道他的秘密，而对你下手。

由此可知，我们非但不该毫无城府地讲无济于事的话，而且应该避免去听可能引起纠纷的言语。孔子说：“成事不说，遂事不谏，既往不咎。”又讲，“非礼勿听，非礼勿视，非礼勿言。”这三个“不”和三个“勿”的学问，真是太大了！

刘轩的话

台阶

这篇是我老爸在成长过程中习得的道理，听说我老爸年轻时人缘不怎么样，因为他话锋犀利，经常不给人台阶。但年纪愈大，他处世态度愈柔和。

先前我们碰到兜售假古董的商人，他一定当场揭穿。但现在他比较收敛含蓄了，碰到小贩向他推销假货，他还会说：“嗯，好东西，好东西！”（接着便转头小声对我说：“仿得真好。”）

给已经很尴尬的对方台阶下，知道什么时候不说，或什么时候不问，很需要一点智慧。

这也让我想起曾在美国看过的一个节目，记者访问在豪门工作，穿着燕尾服的男管家，若女主人问到男主人是否偷情，该如何回答。管家说：“如果遇到这状况，我会说：‘这真是个难答的问题。’”因为他既不能诚实又无法说谎。而当他这样回答时，希望女主人也就此了解他的尴尬，别再问下去。

师生之间

当我初到美国大学教课时，对学生说：“尽管我教得多，并不表示会考那么深，所以大家不必担心。重要的是知识，而非成绩，我不会在分数上为难你们。”从此，学生上课就不专心了。

下午，你母亲到学校见了你的各科老师。我原先认为以你的成绩而言，是没有必要去的，但是现在不得不承认，你母亲的决定对，因为她带回了一些我们没想到的信息，也带去了许多老师不知道的资料，更解除了一些师生之间原有的疑惑。譬如你的音乐老师发现，你曾经要求他准许你使用钢琴是有道理的，而他原先误以为你只是想捣蛋，所以与你母亲谈过之后，他不但特别约你谈话，还要为你介绍钢琴名师。

我们原以为会由于你在堂上与他抗辩而“宰”你的英文老师，则一见面就赞美你善于写作，表示虽然他只读过你一两篇东西，却早已发现。而当你母亲提到你在堂上冲动抗辩的事，他更认为那没有错，同时解释了他的评分观点，而显然他是对的。如果你母亲不去，只怕我们会一直认为错在他，你也可能在心头有个挥不去的阴影，认为他会记恨呢！

最令我们惊讶的，是你法文老师的评语。当他说你上课表现不好时，你母亲不敢相信，居然连问了两次：“您没搞错吧？”直到他举出上课时总跟你讲话的同学霍华的名字时，你母亲才不得不相信，因为她知道霍华是你法文班上最要好的同学。

你的法文老师还举出实例，说为了开家长会，法文课缩短到只有十五分钟，而你居然讲了十分钟话，还没打开课本！

天哪！你要知道，相信你也早知道，我在大学教课时，最痛恨的就是在下面讲话的学生，因为他们非但注意力不集中且成绩总是不好，还影响其他同学听讲。尤其糟糕的，是他们会影响我授课的情绪，使教的内容也打了折扣。

这种捣蛋鬼，令我心里恨得牙痒痒的学生，居然也包括了我自己的孩子。你叫我怎么说，又对你法文老师有多大的亏欠呢？

不错！你说你讲话都是在老师闲聊而非教正课的时候。你的老师也说，可能因为他上课用的方法太轻松，使你把他看成了自己的哥哥，而变得毫无顾忌。

但是你也要知道，正因为他用这种轻松的教法，你愈要与他合作，使他的每个幽默都获得回应，使他的亲切能获得回馈。他不把你们当学生，而看成自己的小弟弟妹妹，是他对你们的尊重，你们怎能因此而不自重呢？

记得我初到美国大学教课时，第一堂课就对学生说："为了使你们学得多，我可能会提到不少人名、地名和年代，但尽管我教得多，并不表示会考那么深，所以大家不必担心。重要的是知识，而非成绩，只要努力地学习，我不会在分数上为难学生。"

几乎每一班，只要我这么一讲，秩序就突然变坏了。学生们开始聊天，缺席的人数也愈来愈多，使我不得不板起面孔，宣布随时可能测验，才将学生控制下来。

每次我不得不改为采取严厉态度之前，都想：为什么当我尊重他们时，他们反而不知好歹？他们是不尊重老师、不尊重知识，更不尊重自己。

同样，你的法文老师会不会也这么想？当他希望在轻松的谈笑间教导你们，让师生融成一片时，会不会事与愿违呢？当他想利用三天假期，带你们去加拿大法语区魁北克旅游学习时，会不会自忖控制不住你们，而到头来放弃呢？

记住！老师永远是老师，不论他看来像你的哥哥，或跳坐在讲台上聊天，他都是老师。你们也都应当以他为中心，让他觉得自己说出的每个字、讲出的每个笑话，都获得“满堂”的回响。这是他的收获，也将是你们的收获！

最后，让我告诉你，尽管你在堂上有许多不对的表现，你的法语老师非但给你最好的成绩，而且高达一百零八分。你的英文老师不但没“宰”你，还给了你最高的分数，而且愿意在课后特别指导你写作。

我不想赞美你，但不得不佩服你的老师们，还有你那从百忙中抽空去学校的母亲。

老师、家长与学生的这种沟通，真是太重要了！

刘轩的话

严师与名师

我是在当老师之后，才知道当老师的难处，以及作为学生的幸福。

我老爸这篇文章除了提到要尊师重道外，也触及另一个重点，就是老师、家长和学生，应该保持良性的互动。有许多老师跟家长报告孩子的不是，家长回家后便一味责备孩子；也有一种家长听到孩子在学校不开心，就冲去向老师理论。在这三方的沟通中，家长应该尽量保持客观，先把事情弄清楚，不要一开始就选边站。

学生时代的我，喜欢开放的老师，觉得很酷，但现在，也能够了解严格教育的好处。其实当严师很辛苦，因为严师要掌握原则、有所坚持，才能得到尊敬。

腻了就甩

美国高中女孩流行一句话，交朋友是为了认识更多的人，不断换，就不断认识！于是男生也说：为了乐子嘛！腻了就甩！

“我高一交的女朋友，到毕业的时候，早就不可能跟我在一起了！”

当我们一同给车库刷漆的时候，你不经意地对我说。

“那么你又何必交呢？”我问。

“为了乐子（for fun）！所以没乐子，就吹了！”你说。

我差点把油漆刷子掉在地上，张大嘴望着你：“天哪！这就是你的交友观或恋爱观吗？”

“大家都这样！这是流行，我只是跟着走。”

“服装 fashion（时尚）可以跟着走，难道连交友的态度也要跟着流行走吗？”我问，“当你觉得没有乐子时，可以跟女朋友说再见，是不是当你的女朋友觉得你不够吸引时，也可以把你甩掉？”

“当然！”你居然好像想都没想，就答。

“那么，你被甩掉之后会不会伤心呢？”

“如果她是我的第一个女朋友，当然会伤心！”

“相同，如果你是她的第一个男朋友，她也会伤心。如果你是她不知道第几任的男朋友，她就会比较不在乎，对不对？”

“在理论上是对的！”

“所以你们在交往之初，就已经有了没乐子便分手的想法。这样，你们之间可能有真正的友谊吗？一段在一开始就不诚恳，就不敞开胸怀，就准备甩掉对方，或被对方甩的友情，是有价值的吗？”我又要问你，“你以不认真的态度交朋友，是不是也能确定，所有与你交往的女孩子，在态度上同样是不认真的呢？”

“女孩流行一句话，交朋友是为了认识更多的人，不断换，就不断认识！”

“是不是所有的女孩子都如此呢？百分之百？”

“当然不是！”

“那么当你以一种游戏的态度交朋友，对方却是全心投入时，从一开始，岂不是就不平等吗？你们一向讲求平等，为什么连交朋友的态度都不平等呢？如果你是认真的，对方不认真，是不平等！如果她认真，你不认真，也不平等！如果双方都不认真，你们这种友谊，又算什么？”我还要告诉你，“友情，不论同性或异性之间，最基本的条件，就是真，就是信。如果没有这两者，就不必说那是交朋友，不如讲只是找个暂时的玩伴！问题是，在这个世纪之病泛滥的时候，你说不定已经是对方的第 N 个男友，这种玩伴你能要吗？”

“所以我应该找那老实的、认真的！”

“可是如果那认真的女孩子，知道你过去交友的态度是找乐子，而且不信实，她无法确定她不是你的第 N 个女友，也难保证你有没有毛病，她又会肯跟你深交吗？所以当你交友的态度只是为了乐子，只怕你便只能找到那同一类型的人。若非你欺骗了对方，或对方欺骗了你，就是彼此欺骗。”

从种菜当中，我体会了一件事。有些人喜欢从撒种、育苗开始，种成一畦畦菜，有些人喜欢到苗圃买保证成活的幼株回去种，还有些人干脆去市场买收割来的成品。

我发现许多人或因为苗床的养分处理不当，苗株常长得太细；或由于日光不正，而苗株倾斜；又或因为不耐烦搬进挪出，让幼苗适应外面的环境，而在移植后死亡。经过几次失败，便宁愿去买现成的幼株，从半途开始。

日久之后，他又可能觉得由幼株开始也太费力，不值得，而放弃种菜，干脆要吃的时候去菜场买。

没错！这三种人都吃到了菜。也没错！买现成菜的人，可能多花不了多少钱，却省了许多力气。问题是那由播种，看着冒出新绿、茁壮、成熟的种菜之乐，恐怕只有第一种人享受得到。

人可以多情，但不能滥情；可以多交朋友，但不能滥交朋友。而且交朋友最起码的条件是：你要真诚与信实！

我把这些话记下来，供你再思考。

刘轩的话

青涩的成长

当时的我，其实是因为刚被女友甩了，才说出那段很酸的话。现在回想，当时交男女朋友不是为“爱情”，而是一种对于“自我价值”的渴望：有一个人喜欢你，愿意跟你交往，这样子肯定比什么都实在！

初中的我是个书呆子，又很不时髦，我喜欢的女生都懒得看我一眼。直到上高中，远离了初中的世界跟之前被锁定的形象，开始耍酷，装个吊儿郎当的样子，还说些自认为很成熟世故的话。

第三章 眼界

愿你

眼界开阔，

世界宽广。

刘墉青春修炼手册

无心的错误

一位留美学生，在飞机上跟空姐开了个小玩笑，却引来近百名警察，最后被铐上警车，并面临十五年的徒刑……

有一个年轻的留美学生，在从佛罗里达到纽约的飞机上，笑嘻嘻地递给空中小姐一张纸条，写着：“我身上有炸弹，我要劫机。”

空中小姐笑了笑，把纸条还给那个留学生，便离开了。几分钟之后又转回来说：“把你刚才那纸条再给我看看！”并取走了纸条。

当飞机降落时，地面已经有近百位荷枪实弹的警察，把飞机层层包围。虽然那留学生大喊:“我只是开个小玩笑,当我递纸条时,四周的人都朝着我笑,知道只是闹着玩,他们可以做证!”但是他怎么说都没用。他被押上警车送审,并面临十五年的徒刑。

我刚从台北回到纽约,你的母亲就告诉我这个报上才登过的新闻,并在说完之后,十分感慨地说:“这个年轻人多可怜哪!我相信如果坐在飞机上的是我们的儿子,他的朋友又怂恿他开这个玩笑,他也可能会做的!”

对!这是最令人心惊的一句话,也是她讲述那个新闻给我听的原因。我们都知道年轻人常犯无心之错,只是那错误又可能造成难以弥补的伤害。

问题是,什么是无心呢?醉酒驾车肇事的人是有心杀人吗?偶然试了一次毒品的人是有心犯罪吗?考试时禁不住朋友请求而传个纸条的人是恶意犯规吗?

但是这些都没有坏动机的行为,却可能犯下杀人、吸毒、考试作弊的罪,它们有重有轻,但同样在生命中留下污点。

至于我为什么要跟你说这一大篇,相信你早就心里有数。因为我在后院整理园子时,发现地上插了许多冲天炮的细竹条,才知道你居然趁父母不在的时候,请你的朋友肯尼来放炮。

你明知在纽约放炮是违法的，也知道这种处处朽叶、天干物燥的冬天容易失火，却答应朋友用我们邻接树林的院子做掩护。可曾想想如果引起火灾，不论是烧了自己、别人或是后面的森林，我们所要承受的损失与法律责任会有多大！

你必然记得有一次，你经过一户人家，两个人正试着开门锁，你过去看，他们对你说不知是不是锁坏了，打不开，而你居然热心地帮着他们开。

你也必然记得有一回肯尼带着具有杀伤力的弓箭，拉你去小公园练习，结果邻人报警，一下子赶来三辆警车的事。

我居然看到你的朋友把几乎乱真的玩具枪留在我们的树丛里，又发现家里的花盆被他们当靶子，打得像蜂巢一般。

而对所有的事情，你给我的解释都是："他们没有恶意，我也无心！"

现在你应当知道，那无心却可能有恶果。如果开锁的人是贼，你就是共犯；若是肯尼的弓箭和朋友的气枪伤了人，你也脱不开关系。如果当你长大之后，还不能慎交朋友，又不懂得审度自己的行为，只怕那无心，就会惹下天大的麻烦。

最后，让我告诉你一件往事。

就在我来美之前，突然接到以前一个学生的电话，我清楚地记得他惊慌的声音，说一个朋友欠他钱不还，他明知对方是有钱想赖，所以找朋友帮忙，把欠钱的人抓住，逼那人家里还钱。他认为自己没有错，动机也只是想要回属于他的钱。可是对方家人报警，他成了绑架勒索的通缉犯。

之后我再没能跟他联系上，又很快去了美国，但是多年来每当我看到没有前科、家世良好的年轻人，因为一时糊涂而犯下大错时，都会想起他，想到他刚念一半的大学与暂时被断送的前途。

记住！年轻人，“无心”往往就是一种错误！

刘轩的话

Use your head

经历“9·11”，再读这篇文章，又是不同的感觉了。现在如果还有人敢在飞机上拿炸弹开玩笑，那不只是“笨”，而是“蠢到爆”！

我小时候住在纽约郊区，环境十分宁静，邻居也彼此认识，入夜后，青少年大多无事可做，仅有的娱乐就是看电影与逛街，学会开车后，则跟朋友出去兜风。无聊一点的青少年，可能会玩些恶作剧，在邻居大门上喷些刮胡须时用的泡沫之类的，或是像我朋友肯尼那样，把冲天炮拿到公园里乱射。

纽约市不同，市区有比较严重的治安问题，一般的青少年反而不敢随便拿别人开玩笑——谁知道哪个人被搞毛了会掏出枪来？但这不表示无心的错误不会发生。套句我老朋友雅费（就是《面对抢匪》中照片上握拳头的那位）常说的话："Use your head！"（用大脑想嘛！）

两极的印象

研究所的一个教授，曾经在课堂上说：“秦始皇是坏人！”引起许多研究生的反感。因为那是研究所，不是幼儿园……

两个同在纽约做过短暂停留的朋友，提到他们的观感，一个人说纽约是世界上最浪漫的地方，他希望能有机会长住些时日，另一个却说纽约是人间地狱，要他多待一天也不愿意。

为什么他们对纽约有这么不同的感觉呢？

喜欢纽约的说，他下飞机之后，朋友先带他到皇后区的自宅歇脚，并叫出租车去大都会艺术博物馆（Metropolitan

Museum of Art)。在博物馆对面用过餐，然后沿着中央公园走到繁华的第五街，看了川普大厦（Trump Tower）、IBM 的竹林庭园，转过洛克菲勒中心（Rockefeller Center）的溜冰场，再登上帝国大厦（Empire State Building）的顶楼，欣赏曼哈顿的夜景，而后叫车回家。

痛恨纽约的则说，他下飞机之后，朋友叫车送他去四十二街附近的一家旅馆，再带他由中央车站乘地铁到自然历史博物馆（American Museum of Natural History），而后坐地铁到下城吃饭，再去当时还存在的世界贸易中心（World Trade Center）顶层欣赏曼哈顿夜景，又去时代广场逛了成人商店，而后送他回旅馆。

现在你应该知道，他们对纽约的观感为什么有那么大的差异了！虽然接待的朋友都花了不少钱，也都带他们逛了世界最著名的博物馆和最高的建筑。但是前者住在安宁的住宅区，看到的是幽静的中央公园、豪华的商店、富丽的建筑和干净的市容。后者却见到肮脏的地铁、杂乱的下城、藏污纳垢的时代广场，且领教了旅馆附近的嘈杂。

问题是，若非再有机会到纽约，这种观感就可能留在他们心中一辈子。由于是他们亲眼所见、亲身所感，所以每当他们提到纽约，那好极了与坏极了的评语，必是斩钉截铁的。

我们不是常听人斩钉截铁地说“某人是好人”或“某人坏透了”一类的话吗？他们也是亲眼所见、亲身所感，但是如果以纽约的例子来想，你认为他们说得对不对呢？

请不要觉得我是小题大做。因为犯这种以偏概全毛病的人真是太多了，我们甚至可以讲每个人都会这样，甚至不经过亲自观察，就以推想或得来的小道消息做评断。

这样做，受损的是谁呢？

是那印象偏差的，也是那被偏差了印象的。因为前者很可能一辈子不会再想去接触、去了解，他失去了访问一个美丽的地方和结交一位好朋友的机会。后者则可能被永久误解，连申辩的机会都没有，且以讹传讹地遭到更大的伤害。

这世上有什么是十全十美的呢？愈干净的城市，它排污水的系统可能愈庞大；愈见不到垃圾的地方，愈可能有一个堆积成山的垃圾场。连人体都有动脉与静脉，谁能因为觉得那“青筋”看来讨厌而将静脉切除呢？

所以，我们不论看人、看事，甚至听别人论断事情，都要有客观审度的态度。古人说“尽信书，不如无书”，我们也可以讲“尽信人，则无己”，如果别人说的一切，我们都相信，自己的观察力不是白费了吗？

记得我在研究所的一个教授，曾经在课堂上说：“秦始皇是坏人！”引起许多研究生的反感。因为那是研究所，不是幼儿园，研究的是客观的史实，而非主观的评断。当教授未举史实，而妄下评语，说“秦始皇是坏人”这句话的时候，除了显示他的强烈主观，也漠视了学生独立思考的能力。

由于听你十分主观地批评同学，我才说了这么一大番道理。因为它关系你的一生，也关系你一生接触到的人与事！

刘轩的话

以一个客观的角度看世界

这篇文章隐隐透露了某种时代性。世界贸易大楼已经不存在了，四十二街也变得非常干净，如果从中央车站乘地铁到自然历史博物馆，会是一次非常美好的体验。

然而我对这篇文章也是深有感触的。“以客观的角度看世界。”这是我爸爸从小灌输给我的观念，影响我很深，并觉得这已变成自己的长处之一。

在哈佛念社会心理学时，学到的第一个概念就是我们都生活在一种错觉里，对彼此动机的解读经常是错误的。我们往往对每个人、每件事都抱着主观立场，这在我们与别人相处时，会导致复杂的因果关系。若我们将自身、他人、环境等种种因素综合考虑，会发现其实所有事物都具备多种方面，也都有不同的诠释角度。

进路与退路

对已知的环境，做进一步想；对未知的环境，做退一步想。前进固然可喜，后退也未尝可悲。

你说想去征服高山，但当我问你登山者该带些什么东西时，你却答不上来。

现在让我告诉你吧！如果是攀登路径不熟的高山，即使原定一日往返，除了必备的指南针，你的行囊中也应该包括一把小刀、一条绳索、一盒用塑胶袋包好的火柴、一点盐巴、一块折起来不大的透明塑胶布或雨衣，还有一只哨子。

这些东西多半不是为你的进路准备，而是为你的退路着想。不论登山的旅途，还是人生的旅途，“有退路”都是“寻进路”的必要条件。

于是那把小刀，在前进时可以帮助你切割猎物、削竹为箭、砍木为叉；在你被毒蛇咬伤时，更可以用来将伤口切开，以吸出毒血。

那条绳索，可以在前进时帮助攀爬；在山友遇险时，用来营救；在编织担架时，用来捆绑。

那盒火柴，在你前进时，可以用来烹食；在你遇难时，可以让你点起营火——熬过高山上寒冷的夜晚，并作为求救的信号。

那块透明的塑胶布或雨衣，在你前进时，可以用来防雨；当你困阻在深山时，可以使你减少地面或环境中潮冷的侵袭，甚至在缺水时，用来收集地面蒸发的水汽，使你免于干渴。

那块盐巴，可以在你前进时用来烹调鲜美的食物；在你受困时，用来消毒和补充体力，甚至帮助你吞下平时绝对难以接受的野生食物。

至于那只哨子，在你前进时，固然可以用来招呼队友，作为集合的信号；在你落难而饥寒交迫，喊不出声音时，更可能因为有这只哨子，隔几分钟吹一下，使搜救的人员找到你。

如此说来，哪一样东西可以少呢？它们占的空间不大，却是你行前不能疏忽，落难时可能保命的。

我过去曾多次对你说：旅游时，如果是旧地重游，不妨在既有的大道之外，再去寻访一些小路，发掘新的风景。相反，如果是到陌生的地方，则应该记住来时的道路，以便遇到困阻时能够脱身。

对已知的环境，做进一步想；对未知的环境，做退一步想。在人生的旅途上，前进固然可喜，后退也未尝可悲，最重要的是——

在前进时要知道自制，免得只能进而不能退；后退时则要知道自保，使得退却重整之后，能够再向前行！

刘轩的话

深谋远虑

会想到退路，常是因为吃过苦头而得到教训。我老爸这些问题如果拿去问童子军，必定能得到不错的答案，但是拿来问我这个从未登过山的小孩，就完了。

我老爸是那种会预先做好各种准备的人。多年来，他可以持续创作，同时经营出版公司，都是由于他思虑缜密、谋划完备。又如旅行，如能在行前做功课，例如对旅馆环境、交通状况、餐馆推荐等细节都有大致的概念，玩起来会更尽兴而充实。也往往唯有在做好准备时，才有条件进一步探险。

真假世界

盆景、小说、戏剧、电脑游戏，乃至迷幻药带给我们的，都不是真实的世界，它们很可能反映了真实世界的东西，却毕竟不等于真实。

有一天，我批评你玩太多电脑游戏的时候，你不服气地说：“知道吗？这是很复杂的游戏，里面有一整个宇宙呢！”

当时我没多说，只是现在要问你：你游戏中的那个宇宙有多大？它只是在一个电脑磁盘中的宇宙，一个别人创造的宇宙。

我还可以告诉你，据吸食过迷幻药的人说："服药之后，世界变得五光十色，可以出现许多异象，感觉自己仿佛飘浮了起来。"那么，是不是他们也就拥有了另一个多彩多姿的宇宙了呢？

在这个世界上，确实还有许多不同的小世界。譬如盆景，当你面对它，让自己的想象在其中徜徉，那小小的石块、苔藓和迷你的亭台楼阁，就像是另一片真实的山水。

又譬如小说、戏剧，当你沉迷其中，自己就成了剧中人，随着他们生活、哭笑，那也便是另外一个想象的世界。

问题是，这盆景、小说、戏剧、电脑游戏，乃至迷幻药带给我们的，都不是真实的世界，它们很可能反映了真实世界的东西，却毕竟不等于真实。所以当你以它们为适当的消遣（不包括毒品），偶尔沉醉其间，使精神获得放松或驰骋自己的幻想时固然可以，如果错把那个由别人构筑的"假世界"，当作自己的"真世界"，就大错特错了！

好比曾经有不少吸食迷幻药的人，想象自己能飞，而真从楼顶向下跳一样，那结果是必然的——非死即伤。因为他飞的想象是在假世界中，而跳的行为却发生在真实的世界里。

更普遍的例子，是许多人举杯浇愁，希望在酒醉时能够浑然忘忧，飘飘然仿佛腾云驾雾一般。问题是，宿醉之后可能头痛，而头痛后，他还得面对真实的人生。他的困苦可曾因为一醉而消失呢？如果心想可以再醉几次，不断进入那酒后麻醉的世界，他便可能在真实的世界中永远站不起来。

所以我必须警告你，不可将假世界与真世界混为一谈，更不可将虚幻的价值观，移到现实生活中来！

刘轩的话

在虚拟世界里暂歇

在网络如此发达的时代，真实世界与虚拟世界的界限愈来愈模糊。近年来有一个叫 *Second Life*（《第二人生》）的网络游戏，在 3D 界面城市里，玩家可以拥有一个化身，过起另外一个人的生活。说它是游戏不完全正确，因为它没有特定的目标，没有怪兽要杀也没有宝藏要寻。每个玩家只是在虚拟世界里过着一般生活，认识别人，买卖东西，存钱买虚拟房屋、虚拟汽车，根本与实际的世界没两样，但它却有百万会员加入。

我觉得它会那么受欢迎，正因为我们都偶尔需要逃离现实。

就像进电影院，把自己关在黑盒子里，是为了短暂忘记自己、忘记世界。有些较严格的家长，会在考试期间完全禁止小孩看电视、打电子游戏等娱乐活动，但我觉得这应该因人而异。一直关在房间里啃书本，效率常会愈来愈差。短暂的放松与逃脱，反而常有助于提升效率。

真实的艺术

他住在大统舱式的老屋里，搜藏各种古旧的机器，写豪放不羁的打油诗，还用街上捡到的废物，拼造了照相机、洗衣机和“电椅”。他似乎生活在想象的世界，却有着最真实的生活！

在纽约苏荷区有位兼修古董的中国艺术家，某日把一个由好几块碎片复原的瓷瓶送回古董店，出门时不小心绊了一跤，将那瓶子又摔成了十几片，他不慌不忙地将碎片连渣都不漏地捡起来，照样修理得毫无破绽地送回古董店。

这位艺术家就是夏阳。

有一天下午，我带你到苏荷区拜访夏阳，相信你一定被他那大统舱式的老屋、五花八门的收藏、千奇百怪的发明和豪放不羁的打油诗所吸引。

我们看到夏阳如何用运货的推车，改装成上下电动的画椅；把电话、收音机、录音机、幻灯机，乃至控制画架升降的开关全部装在上面，使他能够坐在椅子上呼风唤雨。

我们也看到夏阳如何用木板和纸盒涂上黑墨，制成观景式的照相机，拍出效果绝佳的照片，更看到他以杠杆和泵的工作原理制成的简易洗衣机。而那些东西的材料，居然多半是街上捡来的废弃物。无怪走出夏阳的家，你笑说好像进了迪士尼乐园“明日世界”（EPCOT Center）里的想象世界，简直太奇妙了！问题是，那是一个想象的世界吗？

实在说，它比什么世界都真实。

那是一位坚持理想的艺术家，与现实环境奋斗的世界。那里的一桌一椅，都是攀爬艺术顶峰者，留下的血汗足迹。

不知你有没有注意到，他的鱼缸里，养的是一块钱一打，原本用来钓大鱼的小鱼。虽然那些鱼一点也不华丽，但在艺术家的眼中，却能从平凡中见到真趣。

你有没有注意到他的炉子，是可以进博物馆的老古董，可是他为我们烧水沏出来的茶，却是上好的乌龙。

在那看似简陋之中，他有着最精致的一面。对比他，这世上许多豪富人家，不是在数十万一条的红龙和数千元一两的茗茶间，却有着最粗俗的精神生活吗？

所以我说，夏阳在他破旧的小屋中，呈现给我们一个最真实而感性的世界。我们何尝不能说，他与凡·高、高更的世界一样伟大。

是的，在人类的历史上，真正享有不朽名声的艺术家是极少数的，却有着无数有理想、有抱负，甚至宁死不屈的艺术家，像是战场上捐躯的无名英雄一般，执着前进。

记得吗？当我临走时，问夏阳在纽约二十年的岁月，觉得如何，有没有什么遗憾。

他说："很好！"

当我问他的人生哲学时，他笑答："题目太大了！只觉得我们要为中国做的，实在太多！"

让我们咀嚼他的语言，并用他那真实的生活，来检讨一下自己，扪心自问：我们有没有生活得比他更真？

坐在“电椅”上的艺术家夏阳（李小镜摄影）。

刘轩的话

生活的艺术

以前纽约的苏荷区，都是老旧仓库改建的房子，因为租金便宜，空间又大，真是艺术家的世界。但现在苏荷区在纽约的房价已是数一数二，艺术家大都被逼到布鲁克林或新泽西。

夏阳先生跟我老爸可说是两个极端。我爸爸总是万事做足计划，生活有条不紊，家里永远收拾得干净妥当。但夏阳先生仿佛身在一个无秩序的世界，在纷乱中找寻灵感。

那时我在曼哈顿上学，初步接触杂乱中的美，那与郊区生活的悠然是截然不同的。我甚至觉得唯有这样的情调，才称得上是真正的艺术家生活。我还因此纳闷老爸跟这样的人怎么会是好朋友。但我后来发现，老爸很欣赏夏阳先生的生活态度，他甚至有点羡慕。大概因为他那时非常忙碌，内心渴望无羁的生活吧！

当下的成功

没有豆子在上面，就不认它是豆子！不要以为自己成功一次就可以了。“现在的成功”是重要的，而“现在”马上便成为“过去”……

下午我请你母亲到后园小坐，难得出去晒一下太阳的她，居然指着零落将残的四季豆，问我是什么植物。我大吃一惊地说，那是她已经享用了一整个夏天的四季豆，并且责怪她居然五谷不辨。

你知道她怎么回答吗？

她说：“我不管！只因为我看不到结着豆子，所以不认它是豆子。”

这两句话使我大有感触，因为它们代表了世上大多数人的价值观，也显示了现实的冷酷无情。

是的，没有豆子，就不认它！不管它过去有多大的贡献，只因为没有亲眼见到，或现在看不出，就无法认同。对人来说，不论你过去多么成功，如果此时没有表现，也便往往被否定。

洛克菲勒每天晚上都要对自己说同样几句话："你虽然有了一点成就，但只要不继续努力、虚心学习，就会被人击倒……"

西方有句谚语："没有失败的成功者，只有成功的失败者；没有失败，只有失败者。"更说，"没有成功的叛国者！"因为叛国者若成功了，便是革命家。这不正是中国的"成则为王，败则为寇"的道理吗?

所以，不要以为自己成功一次就可以了，也不要认为过去的光荣可以被永久肯定。在这个世上，"现在的成功"是重要的，而"现在"马上便成为"过去"，下一刻又得有下一刻的成功。

记住！没有豆子在上面，就不认它是豆子。这是你母亲说的，也是大多数人会说的一句话。

刘轩的话

头衔的重要

“没有结豆子，就不认它是豆子。”我自高中时代，就总听老爸说。

以前我认为，如果你从事的工作内容已到某种程度，人们就会认定你是符合那个标准的人，为什么还要受到头衔的约束。但现在，我开始相信一些让你获得头衔的工作经验是重要的，因为那像奖杯一样，说明你曾经做过的事、达到的成就。也因此在工作上，现在的我会尽量留下完整的记录与作品集，也会不吝争取该有的头衔，因为那表示别人对你的认知。

所以我要在这儿加一句：“即使你知道自己结了豆子，也一定要让大家看见，否则人家会以为你只是豆苗！”

尊敬大地

攀在篱墙上的黄瓜须蔓，虽然已经干枯，仍然紧紧地缠绕着，为了下一代的绵延，即使在死后，也不放下自己的责任！

你知道我为什么最爱到屋后的园圃去吗？那并非由于它是我挖土施肥活动筋骨的地方，更不是因为它能提供我们半年所需的蔬菜，而是由于它充满教训！

从小，我就爱种菜，也自自然然地学会了尊敬土地、尊敬自然。我觉得没有土地，就长不出植物；没有植物，鸟兽就难以生存；没有鸟兽，食肉类的动物便无法存在。所以这世上的每一种生物，都是由土地养育的。

一直到现在，我仍然相信，如果能常常光着脚，站在土地上，让我们的脚心，像植物般吸取泥土的精华，感受那大地的脉动，会有益健康。因为在人类史上，穿鞋只是晚近的事，我们绝大多数的祖先，都是日夜与土地赤裸裸接触的。

所以你常看见我赤脚在园中穿梭。我仔细观察每一棵植物的消长，由其中仿佛听到自然的律动与大地的呼吸，更由其中得到许多启示。

黄瓜藤就给我极大的触动，我先是发现才开花结蒂的小黄瓜不见了，经过寻找，才知道原来它已经改变了位置，落到瓜藤的下方，且成为一根大黄瓜。

最令我惊讶的是，那一整棵瓜藤，和它原来攀爬的小树，居然都改变了原先的样子——

小树的枝子因为黄瓜的重量而下垂，瓜藤随着倾斜，新的叶子为了追求阳光而向上发展，在黄瓜的四周则长出许多须蔓，紧紧地攀住树枝。

直到此刻我才知道，原来那看来纤细的须蔓，竟然非常坚韧。尽管小树枝倾斜得近乎垂直而不易攀附，它们还能一枝又一枝地伸出，紧紧缠住不放，使那比初生时大上许多倍的黄瓜，能够安然成长。

那许多须蔓，有些已经因为苍老而完全干枯，但是当我试着拉动它们的时候，竟仍然坚强地“不松脱”。

生命多伟大啊！它的尊贵与光辉，是不仅为今生而存在，且为下一代的绵延而支撑，甚至在死后，都不放下自己的责任。

同样，每一个生命的成长，都不是它自己的事情，就像那个黄瓜，从土地萌芽，孕育出它的母体，攀上篱墙，再转到旁边的小树上。而后在开花时，用它艳黄的花瓣吸引蜂蝶虫媒，再于受孕后，在母株极力维护下，一日日成长……

孩子！当我们晚餐的盘中，有着鲜嫩的凉拌黄瓜时，请别忘了谢谢种黄瓜的人、谢谢土地、谢谢篱墙、谢谢蜂蝶，谢谢牺牲自己，至死不谢的须蔓，也谢谢那棵曾被压弯的小树吧！

刘轩的话

大山大水大感触

我有位朋友是个“虔诚”的无神论者。每次感觉茫然时，他就去爬山，因为当他登上山顶时，放眼壮阔的景象，心里会不禁赞叹：上帝啊！他说：“虽然我不相信上帝的存在，但是大自然总能给我神迹般的感觉。”

见识过大山大水，感觉自我的渺小，尊敬大地之心就会自然产生。像我去西藏时，在海拔四五千米的地方，看到大自然的壮阔，那种感动与敬畏是难以言喻的。

但下山之后怎么办？生活在城市里，只有小花小草的感触。我很佩服我老爸。他可以养两只螳螂，种一些菜，就有足够的灵感写出一大本《杀手正传》。而我，还是得爬到山巅上，才能体会“尊敬大地”的感觉。

寻找灵感

当灵感突然出现，会使你惊艳。问题是，如果你一天到晚往男生堆里钻，怎么能有惊艳的机会呢？

当我问你为什么许久没写作时，你回答：“因为没有灵感。”话说得很轻松，却使我相当吃惊，因为我发现你患了一种没有严重症状，却最糟糕的病，一种使许多原本具有潜力的作家，到头来一无所成的毛病。

什么叫作“没有灵感”？这只是人们没创作时的一种托词。

有句名言——

若你呼唤那山，
而山不来，
你便向它走去！

同样的道理，当你没有灵感时，为什么不去寻找呢？

“日有所思，夜有所梦”，你会发现灵感也如此，你愈是寻找它，它愈会出现。虽然好像在意外中突然涌现，实际却是因为你在不断地寻找，所以它的出现才会使你惊艳！

惊艳，对的！我们可以说灵感来临时，会像你突然看到一个出奇美丽的女孩子一般惊喜。但是你也要知道，如果你希望看到漂亮的女孩子，最好常参加交际，或往女生比较容易出现的场所跑。如果天天待在家里，或往男生堆里钻，是很难有惊艳的机会的。

所以惊艳看来是一种机遇，但是这机遇却可以创造。灵感好像是一种“天外飞来”，可遇不可求的东西，却可以因为我们的努力寻找而变得容易。

有个人带了一台傻瓜相机在公园里闲坐，看到一群可爱的孩子从面前跑过，突发灵感，举起相机拍下来，参加摄影展居然得了大奖。

另外有个人，早上起来突然想要出去摄影，又接着灵光一闪地想到何不拍小孩子，再飞来一个灵感是：何不到贫民窟去拍穿着破衣，却满面天真，惹人怜爱的孩子？于是准备好各种器材，转两三班车到了贫民窟，又守了一整天，从上百张照片中选出一张参加摄影展，也获得了大奖。

他们的结果相同——都拍到好的作品，得了奖。过程却有多大的不同？

你当然会向往前者，因为那灵感来得巧，几乎不费力气，举起傻瓜照相机，咔嚓一声就成功了。问题是，那种机会是不是常会出现呢？比较起来，反而后者容易把握，也更能保证成功。因为守株待兔的人，可能不费力气地得到一只自己撞死的兔子，却绝不会像猎兔人一样，虽然辛苦，但总能有所斩获。

“天若有情天亦老”，这流传千古的名句，想必你早知道。但是你晓得它的作者李贺，是用什么方法寻找灵感吗？他每天一大早便骑着瘦马出去，到处发掘灵感，并把得到的感触记下来投入锦囊之中，直到晚上回家之后，再把那许多灵感加以整理，成为完美的作品。当你没有灵感时，何不学学李贺，出去寻找呢？

当然也不是说灵感非要到外面去找，丰富的生活体验固然可以带给我们灵感，前人的作品也可以引发我们的情思。所以古人说：终日之思，不如须臾之所学也。当我们整天苦苦寻找灵感，发现灵感的泉源依然枯竭的时候，另一个泉源往往就在你的身边。你可以由再充实、再学习，加深自己内涵的过程中，获得新的灵感。

疏影横斜水清浅，
暗香浮动月黄昏。

当我们吟咏宋代诗人林逋的这两句诗时，有谁会想到它实际是出自五代南唐江为的“竹影横斜水清浅，桂香浮动月黄昏”呢？

当我们看莎翁名剧《奥赛罗》时，有谁会想到那是出于意大利钦蒂欧（Cinthio）的作品《夫与妻之不忠实》？

如同吃东西，当我们把外来的食物消化之后，它就能成为自己的血肉；当我们阅读前人作品的时候，也能勾起灵感，创作出属于自己的作品。

年轻人！灵感就像我卧室窗外不断来访的小鸟，它们成群地来，是因为我放了喂食器和谷子。我能够清楚地观察它们，是因为我挂上了可以隐蔽自己的百叶窗。至于能够把它们搬上画纸，成为我作品的一部分，则是由于我总准备好纸笔，随时速写它们的生态。

你说，我是因为总有灵感来找我，才能不断创作，还是因为我不断寻找灵感，以至于有所收获呢？

所以从现在开始，我希望你再也不要说“没有灵感”！

刘轩的话

听听自己脑袋里的声音

对一个创意人来说，这是经常会碰到的话题。我觉得最大的问题不是没有灵感，而是生活里没有空间让灵感进来。我们最缺乏灵感的时候，常常正是我们稿债最多、琐事最杂的时候。坚持保留自己的心灵空间是很不容易的，也难怪很多艺术家会选择隐居。

寻找灵感的另一挑战是要打破生活的惯性，唯有这样才能找到新的灵感泉源。

我现在教授音乐制作时，学生有时会反映，学了许多新的软件跟混音技巧之后，反而不会作曲了。这时我会告诉他们：“关掉电脑，也关掉音响。给自己一点宁静，才有机会听到自己脑袋里的声音！”

把握时间

每个人的时间都一样，但是每个人使用的效果却不相同。如果你没有崇高的理想，就不能战胜自己的惰性；无法战胜惰性，就很难把握时间。

我曾在杂志上看到一则有关美国华裔体操名将马思明的报道，感到非常惊讶。我并非对她以十七岁的小小年纪，获得泛美运动会体操全能金牌感到吃惊，而是佩服她运用时间的能力。

马思明每天早上五点半起床，六点出门，六点四十至七点做热身运动，然后练习到九点半。十点开始上学校的正规课程，下课之后再去体育馆练习，从四点一直到七八点，才开车回家做功课，并在十一点钟就寝。

我暗自想——

当我的孩子还在被催着起床，或坐在床边发呆的时候，马思明已经做完热身运动。

当我的孩子正在浴室挤青春痘和吹头发的时候，马思明已经在平衡木上跳跃。

当我的孩子在电视机前吃着零食，嘿嘿傻笑时，马思明正离开体育馆，驾车穿过黑暗的夜色。

当我的孩子坐在餐桌前细细品味他的夜宵，一刀一刀往小饼干上涂起司时，马思明已经做完功课，上床睡觉了！

我相信马思明的筋肉是比你疲惫的，但是她疲惫得健康，第二天的早上，又以一副清爽的身躯，投向新的战斗。

我也相信马思明的时间是不够用的，但是她安排得有条不紊，由于都在计划之中，所以反而从容。

我更相信马思明会希望像一般十七岁少女一样，细细装扮之后，赴一个又一个约会。但是追求更高境界的理想，使她不能也不敢有一刻松懈。

每个人的时间都一样，但是每个人使用的效果却不相同。如果你没有崇高的理想，就不能战胜自己的惰性；无法战胜惰性，就很难把握时间。我尤其欣赏马思明的教练唐·彼得斯所说的两句话：“我认为她是美国最好的体操选手，她有能力把握每一天的时间！”

他没用任何词语形容马思明辛苦的练习，却强调她有能力把握每一天的时间。是因为每一个堪称“最佳体操选手”的人，必然都经过辛苦的锻炼。其中唯独“有能力把握每一天时间”的，才能站到巅峰。

刘轩的话

或许我还不够忙吧！

在大学，我很佩服那些参加校队的同学。他们每天练习至少三个小时，回家已经累得半死，怎么有时间做功课？他们说：“久了，就知道怎么利用琐碎的时间，即使只有五分钟，也可以读两页课本，哪怕一页也好。”

快速切换思考模式，让每分钟都有效率，而不是等到有一大段完整的时间再动，我觉得这一点最难。我甚至在想，这或许是在逼不得已的状况下才能熬出的功力，就像马思明，大部分时间被占据，除了善用每一秒，没有其他的选择。

所以回头看我自己为什么办不到，我只能苦笑说：“或许我还不够忙吧！”

第四章

处世

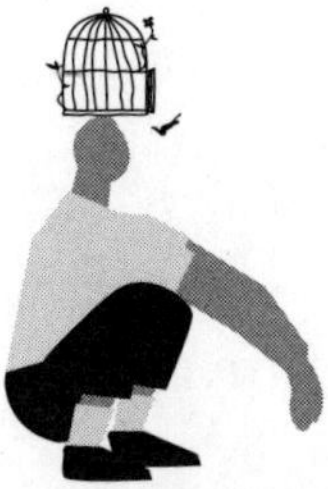

处世，是摆脱慌张之后的思想。

刘墉青春修炼手册

最高指导原则

如果有一天你在亚马孙丛林里迷了路……如果有一天你在伸手不见五指的建筑中要逃生……如果有一天你在半山腰遇到了山洪……

如果有一天，你在亚马孙丛林迷了路，举头只见树叶蔽天，使你认不出太阳的方向，森林里又是一片平坦，没有让你可以四处眺望的高山，加上亚马孙丛林是广达七百零五万平方公里的蛮荒之地，你要怎么找到逃出丛林的路呢？

如果有一天晚上，你在电影院、办公大楼或超级市场这类的宽广建筑物中碰到了火警，所有的电灯突然熄灭了，人们在黑暗中狂奔尖叫，你要怎样找到逃生的路？

如果有一天你在登山途中遇到大雨，而山洪暴发，只见洪流从山上滚滚而下，你正置身半山腰，该怎么办？

当我告诉你，我在台北住的英伦大楼地下室发生火警，管理员从楼顶搭电梯赶下去救火，中途停电，使电梯停在半空，管理员在漆黑中跳出电梯折断大腿骨，而送去急救的事情之后，考了你以上的问题，却发现你没能给我最满意的答案。

你想到从树干上的苔藓和年轮分辨方向，想到在地上爬行以免被浓烟呛晕，想到抱紧大树以免被山洪冲走，答案都没错，却差在你没有说出最要紧的应变原则。也就是说，所有的小举动，都应该在那个大原则的指导下进行。你提出了战术，却没有提出战略。

现在让我告诉你，专家们建议的大原则。

在广大的丛林里迷路，如果没有指南针或辨别方向的可能，走出丛林最好的方法，是顺着小水流前进，从小流走向小溪，从小溪进入小河，转入大河，最后自然会流向江海，脱出丛林的围困。

在黑暗的建筑中，找出逃生之路的最好方法，不是东跑西撞地狂奔，而是朝固定的方向一直走，自然会碰到墙，再沿着墙一步步朝同一方向摸索，自然可以找到逃生的门窗。

在山洪暴发的半山腰，逃避的最高原则，是绝不能往山下的地方跑，因为愈向下，山洪汇集得愈多，夹带的沙石也愈多。唯有朝山顶的方向前进，才能减少山洪的威胁。所以登山家有句名言：“没有一个山顶会有山洪。”

如同上面所说的情况，在我们遇险时，有许多“最高指导原则”，它们听来非常简单，却可能带给你最大的希望。

在你心中，有多少这样的指导原则，使你在最紧要的关头，可以立刻做出正确的抉择？

刘轩的话

勿惊慌

我老爸一定是看准我不知道标准答案，才问我这些问题。

这些“最高指导原则”不难懂，但如何碰到状况时懂得运用它们，不但要靠应变能力与机智，而且要靠冷静的思考。所以我的最高指导原则是：“不要惊慌！”因为人惊慌时，什么原则都乱了。

忧患意识

同样听见一声枪响，在贝鲁特的人，会立刻扑倒；在纽约哈林区的人会弯下腰去；在夏威夷的人，只怕会东张西望，以为是什么车子爆了胎。

我十三岁那年的寒假，有一天跟朋友去爬阳明山，回家才吃过晚饭，家里就失了火，瞬时火舌冲出屋顶，当救火队赶到时，已经烧成平地，唯有几根焦黑的房柱，立在颓圮的断垣间。

逃出火场的我，眉毛都已经烧掉，呆立在人群中，却发现手上还攥着一样东西，原来是白天从阳明山摘回的小橘子。

多年来，那失火的一幕，总在我眼前浮现，仿佛昨天才发生的一般清晰，甚至连那天在阳明山的种种，也历历在目。

我常想，如果没有失火，那一天不过是我人生中的一日，平凡得不可能留下记忆。问题是，为什么晚上发生火灾，却能使我对白天的事情，也铭记不忘？痛苦的打击，难道能把许多已经淡化的东西，再染上一层深重的色彩吗？

从这一点出发，我渐渐有了更深的体会。

我发现参加联考之前几个月准备的东西，即使不再温习，考试时也可能想起来。偏偏在放榜录取之后，没几天就忘了一大半。可见在脑海储存资料，是分为第一、二、三等不同优先登记的。当我遭遇失火的灾变时，原本列为最不重要资料的日间记忆，立刻被移入第一优先。相对，当考试放榜之后，那原本最重要的资料，又可能被移了出来。

记得当我头一年回去时，你的母亲在信中告诉我，每天晚上你必定像我一样检查门窗，夜里楼下有一点异响，你也会立刻注意到，好像听觉突然变得敏锐了。

你的听力真是增强了吗？答案当然不是。而是你增加了关心的程度，你 care（在意）、你 alert（警醒），甚至可以讲：你有了忧患意识！

什么是忧患意识？

忧患意识所涵括的真是太广了！往大处想，可以是民众对国家、社会、时局变迁的担忧；往小处看，可以是学生对考试的担心、居民对盗窃的警戒。总之，凡是认为环境与个人的命运休戚相关而有所警惕，都可以称为有忧患意识。

忧患意识能使涣散的人心振作起来，使淡忘的记忆清晰起来，使迟钝的感觉敏锐起来。当我们细细观察时，可以明显地看出有忧患意识与缺乏忧患意识的差异。譬如同样听见一声枪响，在贝鲁特的人，会立刻扑倒；在纽约哈林区的人会弯下腰去；至于在夏威夷，人们只怕会东张西望，以为是什么车子爆了胎。这种表现的差异，就是因为前者更有忧患意识。

你或许要问，我说这么一番大道理的目的是什么。

我的答案很简单。

我希望随着年龄的增长，你能对许多事情具有忧患意识。你应该开始关心环境污染的问题、国家施政的方针、世界局势的变化。更应该对自己未来的发展有忧患意识，考虑未来求学的方向，乃至人生的目标。也可以说，你要把自己放到这个世界的大环境中，而不再一切等父母师长的安排。

你会发觉，当你有忧患意识之后，许多潜力都能获得发挥，你也能看得更深、更广，且计划得更长远！

刘轩的话

Y2K与温室效应

这篇文章让我想到在进入千禧年之前，媒体突然爆出的Y2K（千年虫）危机。根据统计，全球的公私机构花了超过三千亿美元处理这个问题。

值得吗？很难说。起码当我们正式进入二十一世纪的那一刻，没有因为电脑故障而天下大乱。有不少专家指出，当时为了处理Y2K的问题，许多企业都做了彻底的备份及系统更新，因而预防了许多电脑问题发生，那些花费都是值得的。

现在，“温室效应”已经成为全球瞩目的危机。其实它一点也不新，只是变成了热门话题。有些科学家甚至认为媒体已经把这个现象炒得过火了，其实不用那么大惊小怪。不管事实如何，如果这个危机意识可以有连带效应，让大家不但更注意节约能源，而且对整个地球的自然生态更加关注，绝对是好事。

重新来过

名书法家曹秋圃先生，十八岁就教人写字，但是三十二岁才自觉不足，而真正下功夫练字。林玉山教授二十二岁担任书画社指导老师，二十七岁获得“免审查”殊荣，之后亦自觉不足，再赴日本深造。

我常觉得你不是不够聪明，而是不够傻，今天茱莉亚音乐学院艾司纳（Leonard Eisner）教授对你演奏的评语，就印证了我的话。

艾司纳教授说，他发现你有非常好的音感和记忆力，什么曲调只要听一遍，就能模仿得很像，但是你不在乐理上用功，所以如果没有老师的指点，拿到一本深的乐谱，常不知如何下手。他又批评，你似乎不爱弹巴赫和莫扎特这些作曲家的古典乐曲，而偏爱抒情和浪漫的东西，却又常不老老实实地照谱弹，而加入太多自己的见解。对于伟大的钢琴家或许可以，但对你而言，那却是不正确的学习态度。最后，他下的评语是：你弹得很好，但是不够用功！

这句话或许你一时不易了解，因为同样的评语，也曾发生在我身上，经过很长时间，我才真正知道它的含义。

记得我大二时修篆刻，王壮为教授看了我草草交差的功课时，一面为我修改，一面感慨地说："你刻得不错，就是不够用功！"

当时我很纳闷，心想：既然说我刻得不错，又为什么批评我不够用功呢？

第二年，当我在美术系画廊展出作品时，王老师看到我所画的《桃花源》图，笑着说："'桃花林'画的感觉很好，问题是，那枝子属不属于桃树呢？"

我又心想：既然知道是桃花林，又说画得好，为什么还评论我的桃枝不对呢？

又过了几年，我在新公园开第一次个展，王老师莅临会场，在看我一幅有长题的作品时，频频点头说："字写得很好，但是练得不够！"

前后连续三次，他讲的几乎是同一类的话，我终于了解那话中的意思。也就是说，以我的聪明确实可以创作出看起来不差的东西，但是也由于过度倚仗聪明，缺乏平实的努力，使展现出来的作品，骨子里不够结实。就像是在那篆刻之中，刀落得潇洒，丰神也不差，但是因为技巧不够熟练，而"刀法"欠佳。在那《桃花源》作品之中，气氛构图都不错，却因为疏于观察，而把握不住桃树的特色和精神。至于书法，看起来不错的行草，实际却因为临帖不足，以致笔画顺序不合章法。

这也使我想起大学毕业不久，有一次参加一个当代名家画展。要知道，那已经是名家展，包括了张大千、黄君璧、林玉山等大师，而我居然能在被邀请之列，岂不沾沾自喜。但是就在这时候，也参展的张德文教授，在看了我的作品之后，赞赏地说："画得真不错！"并指着画上的远山松树说，"还是过去画的样子。"

张教授的这句话也给了我很大的震撼，我回家之后不断想"还是你过去画的样子"，是说那已经成为我的风格特色，抑或表示我没有新的突破？

我开始了解，由于自己在大学时的作品就已经被历史博物馆送去亚细亚现代美展，而毕业的第二年就应邀参加美展，靠着聪明得来的虚名，使我在自满中不知反省，结果连基础都有问题，居然还不自知。

同年，我在一篇介绍书法名师曹秋圃先生的文章上，看到“曹秋圃十八岁就教人写字，但是三十二岁才自觉不足，而真正下功夫练字”；又在与林玉山教授的谈话中，知道他二十二岁从日本游学三年归来，开始担任两个书画社的指导老师，并因连续获奖，在二十七岁获得台展“免审查”的殊荣之后，自觉不足，而结束家里的业务，再去日本京都深造。

不久之后，我也辞去了工作，来美国游学。因为我知道自己的不足，一时的得意与四周的掌声，使我更难以自省。

而你居然犯了跟我同样的毛病。其实这是我早觉察到的。譬如我听你弹琴，初学一首曲子，往往觉得感性不差，但是当你熟练之后，在那十指齐飞、使人炫目的技巧之外，内容却变得贫乏。

我每每在你的演奏会中，大家高呼“Bravo！”（好极了！）时，看到你面有得意之色，也回想到自己的大学时代。所以常对你说，你是“山中无大木，小草也为尊”。实际跟大师比，可能连一个小节都听得出差异。

也就因此，我曾提出俄裔钢琴大师霍洛维兹（Vladimir Horowitz）的演奏和你讨论。发现高龄八十多岁的他，直挺挺地坐着，十指似乎轻松地搭在琴键上，面部和身体的表情不多，指下却流动出如此紧密、清晰而含蕴无穷的琴音。说实在话，他所弹的曲子，许多都是你早就练过的，问题是，他在同样的琴键和音符中，却弹出了那么多微妙的东西。他快速的音阶如果表现得像是一颗颗圆熟完美的葡萄，你所表现的却可能有葡萄果酱之嫌。

我相信艾司纳教授对你的感觉，就像是我看到一个已经学画十年，又来拜师的学生，面有得意之色地展开他的巨幅作品，在看来云烟叆叇、气势磅礴的画面中，却发现他连树枝都画不好的惋惜。

站定脚步，从头开始！你会发现在那华丽的音符和看来娴熟的技巧之后，还有太多欠缺的东西。当你退回起点，沿着以前的路再走一遍的时候，会发现那路边有许多珍宝，是你过去只顾一味向前冲而忽略的。于是同样的路，你再走到今天同样的位置，可能已经是极富有的人。

所以我说，你现在需要的不是聪明，而是那甘愿重新来过的傻劲儿！

艾司纳教授与刘轩合影留念。

刘轩的话

基本功之必要

在学习过程中，磨炼基本功是很重要的。

就像学音乐，即使你已能驾驭技巧，是大师级的演奏家，还是得练习基本技巧。

打个比方：我有“绝对音准”，听到一个音符便能马上辨识出来，所以小时候我从来没专心学过乐理，凭耳朵就可以过关。但现在，当我跟人做音乐上的沟通时，会发现若无乐理知识，比较难说明白，也比较难发展。因此，我现在反而回头复习乐理，补足先前的不足。

最后的堡垒

每个人心中都应该有这么一个堡垒。在人生的战场上，他可以一站一站地败退，但是到那最后的堡垒时，就算下面仍有退路，也要坚决与那堡垒共存亡。

有一天晚上菲司来上课的时候，又是“空手到”，连半张作业也交不出来，而且在我为别的学生改作业时，她还不断打哈欠，真是失礼极了！但是下课的时候，她对我讲了一番耐人寻味的话，使我一扫心中的不快。

她说：“自从到房地产公司做事，每天一大早就开车带着客户看房子，往往要忙到天黑，回家还得整理房地产的资料，实在是筋疲力尽，没有能力继续学画。可是想想，如果把这已经从事四五年的唯一爱好放弃，我的人生还有什么呢？所以告诉自己，无论多忙多累，绝不停止学画，就算拿不出作业，看看别人的也好！”

这使我想起宋代女词人李清照在《金石录后序》里的一段话。当时北方的金人入侵中原，宋室南渡，兵荒马乱之际，李清照的丈夫赵明诚突然奉命独自到湖州去上任。临行时李清照问她的丈夫，如果情势不好该怎么办。赵明诚回答："跟着大家逃难，非不得已的时候，先抛弃辎重，其次丢掉衣被，再次将画籍卷轴放弃，甚至古器物也可以扔。唯有所谓宗器，绝不能失去，宁可自己背着、抱着，与身共存亡。"

每当我看到这一段，都觉得赵明诚未免有大男人沙文主义，把收藏看得比妻子的命还重要。但是又想，如果换成赵明诚本人，恐怕也会有同样的抉择。这是因为在他心中，“宗器”是绝不可失去的。仿佛作战时，在许多军人的心里，都有自己最后的堡垒，他们可以一站一站地败退，但是到那最后的堡垒时，就算下面仍有退路，也坚决与那堡垒共存亡。

我们每个人的心中都应该有这么一件宝物，或这么一个堡垒，在平常或许并不显明，唯有紧要的关头，才突出它无可动摇的地位。

在你的心中，可有这么一个堡垒，永远维护着，固守着，绝不退让？

刘轩的话

寻求宁静与自由

如果问我自己最后的堡垒是什么，我想应该是宁静与自由。

现实环境中充满杂讯，我常觉得如果要创作，先得聆听自己脑中与心里的声音。我在家很少听音乐，尽量留给自己宁静的空间。而所谓的自由，指的是心灵上的自在。例如，我行程很满，原本周日该彻底休息，却接下假日的工作，结果表现不好，身体也疲惫不堪。之后自我检讨，觉得该休息时就得休息。我们如果连保留给自己的领土都捐出去，就真丧失了最后的堡垒。

也有人声称最后的堡垒是家人，但我看到很多人言行不一，假日还在外地奔波，小孩跟着菲佣长大。

最后的堡垒需要用心守护与经营。不在外面“舍”的人，很难在家里“得”。

快乐是什么

快乐的条件，非但不是无忧无虑，而且可能是有忧有虑。快乐是要付出代价的！要被爱，更要去爱；要获得，更得付出！

“快乐是什么？”

“快乐是无忧无虑，没有负担！”

这是你给我的答案。但是我要说：“快乐很可能正是在有忧虑、有负担之间所能享有的欣悦，如果真无忧无虑，只怕反不知什么是快乐了！”

记得我在你的这个年龄，常看着大学生心想：要是我进入大学之后，没有了大专联考的压力，该多快乐！但是既成了大学生，又羡慕踏入社会的人，想他们不用应付功课、考试，该多快乐！而在自己真正进入社会，又想如果能每天不用固定上下班，该多快乐！可是来美之后，学校的课不多，大半的时间可以由我自己支配，要怎么睡都成，却发现因为闲而发慌。直至找到研究的目标，才觉得快乐。

所以我常想：快乐是什么？我认为快乐就像安宁的感觉，如果把我们放在完全隔音的房间里，一点声音都没有，我们不见得感觉宁静，甚至因为从体内会有一种嗡嗡的声音进入脑海，而心里发慌。反倒是置身林野之间，鸟语、虫鸣、竹韵、松涛不断传入耳际，能给予我们宁静的感觉。

同样的道理，如果一点让我们费心的东西都没有，固然会有短暂的快乐，接着却可能手足无措，发觉生活失去了重心。

这又使我想起，或许可以用“爱”的道理来解释。

当我们小的时候，觉得快乐就是被爱、被呵护、被照顾得无微不至，但是年长之后，却渐渐发觉，快乐是要“去爱”。所以会养小动物，明明知道它们不懂，却对着宠物讲话。我们更会爱子女，明明知道他们回报的与父母付出的不成比例，却一厢情愿地爱。甚至当子女成家之后，年老的父母还为他们操心。至于没有子女的人，则可能参加公益活动，照顾残障、孤老，乃至保护野生动物。

看那些抱着孩子跑医院的父母，和每天睡晚赶早，忙着公益事业的人，谁说他们无忧无虑？谁又能说他们不快乐呢？

有人研究什么是最快乐的工作，结论是“能够从头到尾都参与的工作”。譬如你自己盖房子，从设计、选料、施工到装潢，当房子终于落成的时候，便是最快乐的时刻。

又譬如你接到公司交下来的一个工作，由构思、人事安排、联系运作，到验收成果，看着从无到有，是最快乐的。

同样，由孩子的诞生、哺育、教养，到长大成人、成家立业，那付出无数心血的父母也是最快乐的。

可是你想想，盖房子时设计、选料、施工、装潢，工作的构思、人事、推展，乃至孩子的哺育、教导，哪一样是不令我们操心，而没有负担的呢？

从以上这些点归纳起来，你应该知道：

快乐是要付出代价的！要被爱，更要去爱；要获得，更得付出。快乐是在我们的生活中先建立目标，并完成它。而就在这完成的过程中，在那忧心与释怀、走入困境与突破万难之间，我们享有了真正的快乐。

快乐就是完成理想、完成使命，就是从无到有的创造，由这一站到下一站的旅程。

快乐也就是积极的生活！

幼时的刘轩与名叫刘猫的虎斑爱猫。

刘轩的话

暗藏的悲伤

快乐是什么？我家的猫！

我的猫叫Bijou，大小姐一只，每天咕噜咕噜的，吃饱了睡，睡醒了吃。看它懒洋洋的样子，我常想自己下辈子一定要投胎做猫。

我相信动物的快乐很单纯，有食物、有睡眠、能交配，应该就很满足吧！相比之下，人类的快乐复杂多了。

不知道猫在追老鼠、猴子在找香蕉、小鸟在筑巢的时候是否快乐，但起码可以确定，人在工作时可以快乐，也可以在享受时莫名其妙的不快乐。这，不就是我们做人的福气和悲哀吗？

在风雨中成长

生命不总是风和日丽，但是有些人在凄风苦雨里，却能咀嚼出另外一种美，也只有这种人最经得起打击，也才称得上懂得人生的情趣。

我知道你有些失望，因为经过长久计划的环河之游，却遇上难得一见的风雨，虽然我们由甲板移入船篷内，还是被斜斜飘入的雨水淋湿了。

或许你会想，如果不为等妈妈有空，而在风和日丽，学校未开课时去该多好；或许你会想，何不下个月，等我有空时，再挑个日子前往。

但你要想想，什么是一家人，什么叫Family Ties（家庭关系），上星期如果在没有你母亲同行的情况下，我们去游河，当你看到美丽的景色时，会不会想，如果妈妈也能看到该多好？

而如果我们延到下个月，纽约的天气转入寒冷的暮秋，在你观赏自由女神海湾的景色时，会不会担心，海上来的寒风，会使八十岁的祖母受凉？

如此说来，我宁愿一家人，在风雨中同行。

况且，风雨中的景色也很美。当密雨像轻纱般在河面上牵过，远远的帝国大厦尖端隐入浓云，岂不是比晴朗的日子，更有味道吗？

当自由女神生着铜绿的身躯，被雨水淋透，在后面灰暗天空的衬托下，不是更来得明艳吗？

还有，当我们穿过哥伦比亚大学的北方，看到哈得孙河时，近处岸边树木盎然的翠绿，与远方凄迷的河谷相比，不是更来得悠远，而令人有一种怆然的情怀吗？

而当我们坐的大游船经过小船时，特别放慢速度，使水波不至于过度激荡，每一艘帆船，都降下一半船帆，使自己不会因为强风而樯倾桅折的做法，不都给我们最好的教育吗？

你要知道，在我们的生命中，不总是风和日丽的。但是有些人在凄风苦雨里，却能咀嚼出另外一种美，也只有这种人最经得起打击，也才称得上懂得人生的情趣。

记得我在你这个年岁，曾经看过一部叫《日瓦戈医生》的电影。其中最令我难忘的，是当日瓦戈医生的家被充公，只身逃往西伯利亚的途中，车内拥挤嘈杂，日瓦戈却拉开小车窗，静静欣赏外面乌拉山的雪景。

我初到美国的时候，正逢冬天，有一次站在露天等车，突然下起大雪，我便学日瓦戈医生苦中作乐，静静欣赏附近枯树在雪中的变化，还有小鸟们如何不断抖动翅膀、扑落雪花的样子。而当车子在四十分钟之后，从密雪中缓缓驶近时，我才发现自己竟已陷入半尺深的雪中。

所以，我爱这样的风雨，也希望你爱它，因为我们都要经历雨雪风霜，才能长大。

纽约哈得孙河上的游船。

刘轩的话

亲情最可贵

我们全家去迪士尼乐园度假。我妹妹很早便开始规划行程，结果出发当天，我们居然误掉了班机，打乱了既定的计划。妹妹一开始很不高兴，让我想起当年的我。

人生不如意的事，原本十之八九。现在的我，很诧异自己高中时还闹这种别扭。但我也真的愈来愈重视家庭生活。从独自搬到离家四小时车程的波士顿，到现在长住台湾地区，一年只回去一两次，这促使我更加珍惜与家人相聚的时间。在迪士尼，老爸感慨地说这样的家庭旅行实在难得，不如以后每年固定一次到不同的地方游玩。我举双手赞成！

因为不是长相守，愈来愈重视与家人欢聚的时光。
图为2007年作者全家共游迪士尼乐园的快乐情景。

只问收获

有一个老农，每日带孩子下田在农地工作，有一天突然把田地交给孩子说：“过去，我只逼你辛勤工作，要你只问耕耘，不问收获。但是从今天起，我不逼你工作，却要只问收获，不问耕耘。”

有一天晚上你抱怨地对我说：“明明讲现在我长大了，可以自己支配时间，不再逼着我去弹琴和读书，可是却要不断地问我成绩，使我有压力。”

现在让我告诉你，那没错！当我不再叮嘱你去做每一件事的时候，并不表示我不再要求你，而是希望你能用自己的判断力，决定事情的缓急轻重。当我不催你去睡觉时，不是不再顾虑你的健康，而是希望你由前一天迟睡，第二天疲困的经验中得到教训。当我不逼问你过几天可能考哪些科目时，是希望你由拖延积压，以致临时抱佛脚的困窘中得到教训。

所以对于你，我好比一个总是带着孩子下田的老农，有一天将田地交到孩子手中，要他自己看日子播种，看情况浇灌施肥。我试着不再即刻纠正你的错误，以免除你长久养成的依赖，却要告诉你：“过去，我只逼你辛勤工作，要你只问耕耘，不问收获。但是从今天起，我不逼你工作，却要只问收获，不问耕耘。”

这个世界就是如此，我们对于自己，固然可以讲“只问耕耘”，以求心安。但是别人对我们，却常常“只问收获”。即使是赌徒，都只问他下桌时，能带走多少筹码，又何必计较他上桌时有多么阔绰。

所以就短程而言，不论你用什么模式读书，或玩耍占去你多少时间，只要你诚诚实实地考试，成绩好，就是成功。就中程而言，不论你高中几年的表现如何，只要你能进入好的大学，就是成功。就长程而言，就算你根本没进过什么学校，只要有成就，对社会人群有贡献，就是成功。

现在我看的是短程。你尽可支配你的时间，做你要做的事，拖到一两点钟不睡，打几十分钟电话不放，只要你的成绩好，我就没话说。因为那是你的本事，你有条件玩，有资格拖！而非父母一步一步逼出来的。

尽管如此，我还是无法保证你以后成功，因为今天我可以逼你取得好成绩，明天可以逼你上好的大学，当有一天你进入社会，有谁能继续逼你？如果你不给自己压力，要求自己出人头地，到后来，还是可能失败。

所以，我承认，仍然在给你压力，只是由问耕耘，到问收获。而我相信，这种压力绝对是好的，只要我知道怎么将短程目标的要求转为中程，再逐渐交到你自己手中，使你能自我要求，必能帮助你在人生的旅程获得成功。

我常想，在美国的中国孩子多半比西方孩子表现好，不只是因为中国人聪明，主要还是因为父母的要求。换成你的话说，就是父母施加子女功课上的压力。问题是，那些子女进入了好的大学，后来得到研究所学位的比例远超过西方人，而今更在各界崭露头角，你能说这压力没有用吗？

当你向我抱怨时，你应该记得电视上正转播冬季奥林匹克运动会的花样滑冰，你可曾看见那些选手比赛后等着看成绩的大特写？他们的手腿都在轻微地颤抖。你又可曾看见，当溜冰者滑倒在冰上，立刻挺身而起，追上音乐节拍，扮出笑容溜完全程的样子？在他们优美的舞蹈、可爱的笑脸后面，隐藏的是什么？

是压力！来自国家、来自对手、来自现场、来自他们自己，也来自每一个爱他们，以及他们所爱的人！

在这种强大的心理压力下，他们只要有一块肌肉稍稍僵硬，有一点速度微微减慢，可能就会在全世界数亿的观众面前摔倒。最重要的是，金牌只有一枚，最后绝大多数的人，都将黯然归去。

年轻人！生物就是在竞争中成长与进化的。有竞争，就有压力；只有具备最强的实力，又能忍耐最大压力的人，才能站到巅峰。

刘轩的话

如果人们不爱吃豆子

我对这篇文章的概念没有意见，但是我还是不免要追问：我们的“收获”是由谁来评估？以什么标准来衡量？今天认为不长豆子便不是豆子，那是因为人们爱吃豆子。但是如果今天人们爱吃的是豆苗呢？

每个人拥有不同的抗压力与竞争力，有些人生下来就好强，有些人是被逼出来的，但我相信并不是不爱竞争的人就没有发展，只是或许适合做不同的事。虽然媒体上看到的多半都是好斗，喜爱受人注意的强势角色，但这个世界上也有许多平常人正默默耕耘，按部就班地过日子。他们的成就或许不是那么辉煌，但是一个大机器没有小螺丝钉也无法运作。一个真正民主的社会，不能忽视这一点。

在工作中学习

如果你只是在餐馆短期打工，当然无可厚非，但是假使长期打下去，十年之后的你，除了能多记几道菜名、多端几只碟子，对你原来所学的有什么帮助？

你第一次暑假打工赚了五百美金，真是让我高兴。不是因为你赚了钱，而是由于其中所具有的意义。

首先，我相信当你拿到第一笔报酬时，一定非常兴奋，因为那是你十五年来，靠自己劳力赚取的第一笔钱，表示在你向这个世界索取了十多年之后，开始能够回馈，开始有了贡献。

你要知道，一个生命真正被肯定，绝不是在他的消耗期，而是在他的贡献期。我们甚至可以说，如果一个人成年之后，离群索居地隐世，就算他有高深的学问，如果从来不能发挥，死后也不能留下什么，那么他的存在，对这个世界就毫无意义。所以，你拿到报酬，它是酬劳，也是回报，是社会对你付出的一切给予的回报。对我而言，那酬劳不重要，你付出的这个行为，才是要紧的。

其次，相信当你拿着自己辛苦赚来的钱时，会觉得那特别重，也特别轻。特别重是因为它是你早起晚睡、奔波劳累之后的成果，所以你会珍视它。特别轻的原因，是它完完全全属于你，所以你有最大的支配权，不必像从父母处拿到的钱，随时要考虑使用的方法合不合旨意。如果能这样，钱对于你才真算是钱，因为一个不劳而获的人，钱对他没有意义；一个拿着钱不敢用的守财奴，钱对他也没有意义。只有赚取它、珍视它、把握它、使用它的人，才算是懂得钱的意义。

至于你当时暑假打工最让我高兴的，是你工作的性质，虽然那只是帮助希腊人协会设计电脑程序，并输入会员资料，但必然使你处理电脑程序和打字输入的能力增加。这让我想起初来美国时，看见一位学长批评他的弟弟："如果你只是在餐馆短期打工，当然无可厚非，但是假使长期打下去，十年之后的你，除了能多记几道菜名、多端几只碟子，对你原来所学的有什么帮助？只怕还退步了！所以打工的钱再多，如果与所学的无关，又不能成为一项事业，就不值得长期做下去！”

他的这几句话，虽是用来教训弟弟的，却让我听在耳里，成为自己打工时取舍的原则。在美多年来，我也确实发现，那些学法商而在律师楼、会计师事务所打工的大学生，和在医院、药局、实验室打工的中学生，往往在工作中学到许多东西，引导他们走上未来的成功之路。

在学习间工作，是一般人所谓的打工。在工作中学习，则是打工者应有的态度。

刘轩的话

接轨的准备

我对自己的第一份工作还真的蛮得意的。

当时的邻居海伦是纽约希腊居民协会的秘书长。我帮她输入会员资料，一份一毛钱。印象深刻的是，希腊人的姓名都很长，甚至会到十五六个英文字母，所以赚这个钱还不是很容易。

在美国郊区，很多十几岁的孩子都会自己打工，帮人铲雪、剪草、刷油漆等，家长都非常鼓励，觉得这是对体力跟人格的锻炼。但是像我这样小时候就当了“白领”的，还真的不多！

我觉得每个阶段都有合适的打工工作。十几岁可以靠体力，长大了就应该靠脑力。高中时即使帮老板打杂、煮咖啡，都会学到东西，但如果大学毕业后，还在帮老板煮咖啡，就显得可惜了。

预留退路

有一个艺术家，带着他画的心血之作，坐飞机出国展览。临行，他交给妻子一套作品的幻灯片，说：“如果飞机失事，我与作品俱焚，就把这些幻灯制版印刷出来，为我的绘画生命留个见证！”

当我知道你把设计一个多月才完成的电脑资料借给同学，自己却没留底，真是吃惊极了！因为我发现你犯了一个不为自己留后路的严重错误。

记得当我像你这个年岁，初参加登山队的时候，每次在树林里遇见岔路，领队总命令我在路边折一根小树枝，指向来时的方位。至于草木不生的荒山野岭，则叫我四处找小石块，排列出先前道路的指示标记。

每当我看见队伍已经开拔，而自己仍在四处找石块时，都抱怨这无谓的做法。直到有一天，大伙在深山里迷了路，无法到达终点站，而不得不退回原路时，才改变了我的想法。

当时天色已经转暗，我们不得不以最快的速度撤退。大家几乎是用跑的方式穿越密林，而每当遇到岔路口，我立刻由断枝的记号指出方向，使全队能及时退到安全地点。而我，这个总在后面做指示标记的小子，居然变成当时的领队，全队的安危竟系于我一身呢！

你说，那折树枝与排石块，能说是无谓的举动吗？何况对你而言，只是将电脑磁盘插进机器，用不了几秒钟就可以拷贝完成的事了！

谈到拷贝，我又想起影印机，自从它普及之后，许多人都“不可一日无此君”。但是如果你做个统计就会发现，人们影印的东西，实际大部分都没有绝对的必要。他们付款之后，常把账单留个影本，送出各种申请表格之前，也总是影印留底，信件更是影印存档，甚至做成好几份影本分送有关人员。我们可以说，不影印，事情不会停摆，但更可以讲，由于件件存底，便于查考，使繁忙的事务，能被安排得有条理，也做得更顺。尤其重要的是，当送出的资料遗失，因为存有影本，而能获得补救。

所以，影印机普遍之后，挂号信的数量便减少了，这并非由于平信的邮误降低，而是因为寄信的预留了退路。

退路就是这么简单，它只是退一步想，做一个相反的假设。譬如办游园会时设遮雨棚，跳伞时带备用伞，飞机上准备逃生器，高楼设置防火梯。虽然没有人希望用这些东西，即使用，也不见得百分之百管用，设置时反而增加许多麻烦，但是，毕竟退路可以使你不至于一败涂地，而为你在绝望时带来希望。如此说来，“退路”何尝不是另一种“进路”。

我有一个朋友，带着他画的心血之作，坐飞机出国展览。临行，他交给妻子一套作品的幻灯片，说：“如果飞机失事，我与作品俱焚，就把这些幻灯制版印刷出来，为我的绘画生命留个见证！”

希望你能由这几句话中思考，有一天了解，退路不仅是为活着的时候，也为死了之后；不仅为有限的生命，也为千古的事业！

刘轩的话

与墨菲相处

我有一个相当惨痛的经验。有一天晚上，我跟朋友到台北六条通一带吃烧肉，车子停在高架桥下。当我们用完餐走回高架桥，没想到我放在后备厢的手提电脑不见了！电脑里有我博士论文的研究资料以及音乐。当时的我真是全身一阵冷。因为我半年的作曲成果全没了。现代人愈来愈依赖电脑，也更体会做备份、预留退路的重要。像我从事音乐工作，有时甚至需要用到第三个备份档案。

但在我的日常生活中，更常遇到所谓墨菲定律，例如在交报告的前一刻，打印机的墨水用罄之类。对我而言，不管怎么小心，墨菲还是会出现。

天才是什么

在第二次世界大战的纳粹集中营里，有些犹太艺术家，明明知道自己即将被推进毒气室，却伸出他们骨瘦如柴的臂膀，以自己仅有的一点食物，向人换取炭条和铅笔，创作出他们生命中最后的作品。

常有人赞美你是天才，我听了只是摇头苦笑。

因为若没有父母盯着你练琴，你就不会去弹；没有我把石膏像放在你面前，并递上纸笔，你就不会去画；没有我逼你作文，你就不会动手；没有我交给你一本世界名著，你就不会主动去念；没有父母逼你读书，你也可能马马虎虎去应付。

所以虽然你在各方面的表现都很杰出，我却私下对你母亲说，你只是有过人的聪明，仍然算不得天才，如今小时了了，长大之后未必能成。除非你有那种自行激发的能力、不断超越自己的冲动和锲而不舍的精神。

这就是天才的特质，它不见得是过目不忘、一目十行的高智商，而是一种说不出的，对任何事都有的怀疑态度、好奇的想法，与不达目的绝不终止，近于傻的冲劲。

中国有个形容词——苦心孤诣，非常适合用来形容天才做事的态度。因为天才追求的目标，常常难为外人了解，他们做事的方法，也常难为一般人接受，他们更常因为孤诣而孤独。

但是若不能忍耐孤独，又如何站到巅峰呢？巅峰只有一点点，容不下许多人站，所以不仅遭遇的风大，而且旁边难有扶持，受不了风寒与孤寂的人，就无法成为天才。

记得在一九八八年冬季奥运会闭幕式的时候，负责转播的美国电视台评论员说了一句耐人寻味的话，他说奥运的真正精神，是把我们自己硬推到自己的极限之外（Push your own limits）。这句话也适合形容天才，只有那种不向自己既有的能力屈服，不满足于既有的成就，总是试图超越自己，抱着一种不服、不平，甚至愤懑，以自己为敌，追求突破的人，才能称得上天才。

也就因此，天才才会有几分神经质，或被人看成疯子，当然他们加诸自己身上的压力过大，也确实常会使他们崩溃。譬如爱迪生小的时候，曾经被学校老师怀疑为低能儿；有“诗鬼”之称的唐代诗人李贺，由于早晚不停地写作，连他母亲都忧心他，只怕要呕出血来才能停止；印象派大师凡·高，不但割下自己的耳朵，更结束了自己的生命。

我说这许多话，不是要教你去效法李贺、凡·高般透支自己，而是告诉你，你虽然是一个学什么像什么，甚至能青出于蓝的人，但是不论你的文章、绘画、琴艺目前有多么好，只要那不是出于你内在的学习冲动而获得的成就，便不算一回事。

年轻人！如果有一天，我不准你写作、不准你弹琴、不准你绘画，甚至不准你读书，而你却千方百计地自己追求，如果有一天，你工作繁重，乃至生计无着，拖着疲惫饥饿的身子回来，却仍会提笔，一吐你胸中的块垒，虽然你不一定能成功，也不一定会被人肯定，却可以自己对自己说：我是个锲而不舍的天才。

在第二次世界大战的纳粹集中营里，有些犹太艺术家，明明知道自己即将被推进毒气室，却伸出他们骨瘦如柴的臂膀，以自己仅有的一点食物，向人换取炭条和铅笔，创作出他们生命中最后的作品。

当你被我硬是塞上纸笔，画出一幅好画时，我要问：在你心底可有他们那种“生死与之”的创作原动力？

如果没有，你就不可能成为天才！

刘轩的话

天才头衔

我从来不认为自己有什么了不起，以前也只有钢琴老师会说我很有“天分”。我觉得天才是个很高的头衔，那像是上天的一个礼物，若有人说你是天才，几乎就把你跟莫扎特相提并论。此外，天才是使命、是负担。因为你天生比别人多了一些东西，别人当然对你有更高的期待，久而久之就成了负担。

使命感，加上莫名其妙的强迫症，天才会把自己推展到极限之外，甚至可能丧失健康与性命，换来传世不朽的作品。

我并不想当天才，那头衔太大、太重，只能赋予历史上极少数的奇人，而且仔细回想，天才们的生活似乎都有些坎坷。也因为我把天才的条件设得很苛刻，我宁可当一个扎扎实实、努力工作的人。

现代青年

一个“小留学生”，穿名牌服饰，拿单反相机，开双门跑车，是高中辩论队代表、校刊编辑和曲棍球队员，得全A的学业成绩，被加州大学伯克利分校录取，且兼了九个家教，月入千元美金，父母却不在美国……

在大都会艺术博物馆，我遇过一位台湾地区来的“小留学生”。

他留着时髦但不流气的发型，看来成年，脸上却还带着几分稚气；穿着米白色印着“GUCCI”大字的休闲上装，配白色的长裤和皮面的运动鞋，不时举起尼康相机，以非常娴熟的动作测光、对焦。虽然初次从加州到纽约玩，却对博物馆有很深的认识，因为他在没来之前，已经阅读了有关的书籍。

中午我邀他在馆里共进了午餐，看得出他有极佳的餐桌教养，说话的音量和对侍者的态度，都表现得恰到好处。谈话中，我知道他马上就要进入著名的加州大学伯克利分校，并立志将来从医。我好奇地问他怎么申请到伯克利，高中的成绩如何，他先谦虚地告诉我在加州的居民比较容易申请，又说他高中拿了四点二，接着解说——四代表 A 的成绩，多出来的零点二，则因为在高中已经选了大学的课程，所以获得加分。

我又问他高中参加了什么课外活动，因为这类名校，如果没有好的课外活动（Extracurricular Activities）记录，学业成绩再高，也不能保证录取。

他说他参加了辩论队，代表学校出席了许多学术竞赛，编了一年校刊，并且是曲棍球队的中锋。

我举杯向他致敬，说很高兴遇见这么一位杰出的青年，也无怪他申请每所名校都会被录取。我尤其佩服的是，他居然是一个父母都不在身边，来自台湾地区的“小留学生”。

虽然家里的经济情况并不太好，但是他开着一辆时髦的跑车，他说买日本车的目的是省油，因为高中最后一年，他平均每周要赶九个家教，指导邻镇孩子英数理化的功课。这虽然使他一个月有上千美元的收入，但是大半的时间都花在往返途中。

“您知道吗？我的车子才买半年，就超过了一万千米了！”他对我说。

而我真正好奇的，是他怎么还能有时间，在学业及课外活动上，获得如此卓越的成绩。

从大都会艺术博物馆回来的路上，我细细思索这个问题，发觉对你的教育方法似乎应该调整，这并非我过去督导的模式有偏差，而是因为时代已经不同。

在台湾地区，我常看到同样收入的家庭，却过着完全不同水准的生活。

一种人节俭持家，连张擦过嘴的卫生纸都舍不得扔，要再拿去擦桌子；锅铲的把子都已脱落，还要包上废布将就使用。一种人则看来有些浪费——东西过时，立刻换新；报纸隔日，立即抛弃；厨房一尘不染，锅碗非常简单却永远光亮如新。

依照过去的理论，当然是前面那户俭朴的人家，能够有较佳的生活。但事实却是后者不仅生活品质好得多，经济状况也显然比前者强。而据我观察的结果，是因为后者不但在生活上有现代理念，在理财上也有较新的方法，使他们在孳息、投资上都获得不错的利润。渐渐这两种家庭走入了不同的社会层次，新者愈新，旧者愈旧，距离愈拉愈远。

同样，农业时代，靠招牌、信用的老店，如果依旧维持过去那种堆货的方法、昏暗的灯光、缓慢的速度和一成不变的样式，可能也将被新式的经营所取代。

因为过去百货杂陈，表示店里东西多，现在看来却显得乱而缺乏管理；过去一边跟顾客“磕牙”，一边慢慢包装算账，表示优雅而有人情味，如今却显示效率差；过去一成不变，表示老字号货真价实，现在看却是不求改进。当环境不断变迁，凡是不跟着适应的就将落伍而被淘汰。

现在回到正题，过去读书成绩好的学生，往往能成功，在这个时代，却可能因为无法适应周遭的环境，即使以第一名毕业，也难有杰出的成就。

如果现代经营的理论是以促进消费来刺激生产，过去是以节约消费来积蓄财富，那么过去设法少让子女参加活动及打工，以集中精神念书的态度，是不是也应该改为多让子女在外发展，从发展中获得更大的冲力，对知识更深切地求取，也对未来产生更大的憧憬呢？

过去常是父母为子女计划未来，现在是否应该让子女到相当的年龄之后，就自己计划未来，父母只担任参谋的角色呢？

从那个年轻人的身上，我看到了一个以环境激发潜力，将时间做最有效分配，以积极态度投入社会，而不是“被动”走向社会的新典范。

他穿最讲究的服饰、用名牌的相机、开流线型的跑车、做九个家教、在高中修大学的课程，且参加许多活动。他以服饰、车子满足了年轻人的虚荣，以做家教来付每月五百多块的分期付款及保险费，又以车子载着自己参加活动、担任家教，争取了许多时间，且能够掌握每一分钟，在学业上有最佳的成绩，并用他的成绩，征得信任而获得家教，不正是以促进消费来刺激生产吗？

过去我一直使用大部分中国家长的方法，推着你向前走，突然对自己的模式产生怀疑。站在上一个时代，与瞬息万变的未来之间，我有了许多彷徨。

如果我把这问题交给你，你认为应该选择哪一种生活模式呢？

刘轩的话

走向独立

记得第一次听我老爸提起这个人时，我觉得他真的蛮厉害的，可说是“小留学生”的一个典范。很多家长把小孩送出去，都是希望他们之后可以成为这样的人：开朗、独立、时髦，而且人生目标明确。

“小留学生”有很多种，念研究所时，我认识一个来自台湾地区的同学，节省到在极冷的冬天也不开暖气。但走到波士顿的精品街，总是可以看到不少其他的亚裔“留学生”，开着跑车、穿着名牌。这其实没什么不好，但是现在在台湾地区一天到晚听说有人出去“留学”，花了一大笔钱，回来却一无是处，而且因为在外面成天跟华人混，连英文也没学好。

所以我觉得“小留学生”在外面的造化，朋友扮演了很重要的角色。是可以彼此帮助，还是只会帮助彼此偷懒，经常是“留学”成败的关键因素。

美好的星图

一个老兵感慨地说：“我已经去看过了八十岁的老母。四十年，母亲还是母亲！可是四十年，母亲又已经不是母亲了！”

明天一大早，我就要陪着你的祖母回大陆去了！住在香港的华商酒店，我一时无法成眠，于是提笔写这封信给你。

旅馆的窗外，正对着香江，白日繁忙穿梭的船只显然减少了，但是原本并不十分抢眼的九龙建筑，却织起了一片灿烂的灯海。那片灯海之后，则是我即将叩访的故乡。

今天上午，当飞机经过一个钟头又十五分钟，抵达香港的时候，你的祖母惊讶地问："怎么这么快就到了？"

"因为近哪！从这儿飞北京，只要不到三个小时，如果有一天从台北能直飞上海，恐怕一个多钟头就够了！"我回答。

确实，几十年的分隔，使绝大多数的中国人，都以为台湾地区与大陆是非常遥远的，远到父母、夫妻、兄弟，和那许许多多的亲人，一别就是几十年，甚至天人永隔。

这也是为什么你的祖母坚持要回去，她怕再不去，那剩下的几个亲人也见不到了！

我们在台北起程时，楼下管理员一面帮着搬行李，一边说："我已经去看过了八十岁的老母。四十年，母亲还是母亲！可是四十年，母亲又已经不是母亲了！"

听来多么没道理，却又有着无限道理，动人的一句话啊！从那个十九岁离开故乡，而今已经白发的退伍老兵的嘴里说出来！

但是，你知道吗？也有一个老兵的妻子对我说："小心被剥光了！我的丈夫连鞋子、裤子都脱给了他的兄弟，穿一双破布鞋回来，差点让我不认得！"

我没注意她说话时鄙夷的眼神，却想象到，那老兵临别时，将鞋子脱下来与兄弟交换的画面，是多么感人！多么凄怆！而那情，又是何等深长！岂是他那年轻妻子所能理解的。

这也使我想起纽约的一个朋友，第一次从国内返回美国，立刻大病一场之后，所说的话：

"我不是身体病了，而是心灵病了！回来之后，我夜夜做噩梦，常常从梦中哭醒。我不了解上天为什么那样不公平，为什么有的人要接受如此的苦难？"

所以当那老兵的妻子对我抱怨她的丈夫之后，我不客气地说：

"怎能怪你先生呢？在他们兄弟遭遇分别四十年的苦难，在他的亲人可能因为他而受牵连，人生最珍贵的四十年，只换来一场噩梦之后，你的丈夫不过留下他穿去的衣裤、鞋子，对于他是随时可以买到的东西，对于他的兄弟却是奢侈品，难道这一点心意，也是罪过吗？"

凭什么有的同胞要受到如此的苦难？凭什么我们要享受如此的富足？我们应该觉得惭愧，愧对自己未能及早帮助的亲人。我们非但不能瞧不起这些历经浩劫的同胞，反而应该觉得亏欠了他们才对啊！

福祉不能独占，正如同满天的星子，不是只有高楼上的人才得欣赏。此刻香江的灯火，像是地上的一片星海，明灭闪烁。我却衷心盼望，那地上繁华的星海，能像天空一样均匀，从这里，从香港，一路铺下去，到杭州、上海、北京，到甘肃、新疆、内蒙古……

哪怕山间小小的村落，有一天，也能展现一片美好的星图！

庭院及屋檐上长满秋草的北京紫禁城。

刘轩的话

真正的家书

我老爸把这篇文章放在此书的最后是很耐人寻味的，对我而言，这篇仿佛才真的是我老爸写给我的家书，字里行间都是他的真感情。

我们家是所谓的外省人，在战乱中来到台湾地区，现在的我们回到大陆，也都仍有不少亲戚在那里。从家族到民族，这段有如史诗般的动荡时代，蕴藏了多少情感与记忆。

当我爸爸提到“美好的星图”时，他强调的是“包容”，是我们该如何面对世界。我家过去六十年间，从祖国大陆到台湾地区再到美国，已经漂流过三地，我们对这三个地方都有情感。而我老爸的感触尤其深。

在这篇文章之后，我老爸写了《爱就注定了一生的漂泊》这本书，应是他情怀的延伸。

作者与刘轩父子感情深厚，同样喜爱艺术，热心公益。